U0939749

|当代中国小说榜|

蜗牛

李克聪 著

中国文联出版社

图书在版编目（CIP）数据

蜗牛 / 李克聪著. -- 北京：中国文联出版社，2017.9（2023.3 重印）

ISBN 978-7-5190-3037-7

Ⅰ.①蜗… Ⅱ.①李… Ⅲ.①长篇小说—中国—当代 Ⅳ.①I247.5

中国版本图书馆 CIP 数据核字（2017）第 232349 号

著　　者　李克聪
责任编辑　刘　旭
责任校对　茹爱秀
装帧设计　中联华文

出版发行　中国文联出版社有限公司
地　　址　北京市朝阳区农展馆南里 10 号　　邮编　100125
电　　话　010-85923025（发行部）　　85923091（总编室）
经　　销　全国新华书店等
印　　刷　三河市华东印刷有限公司

开　　本　880 毫米×1230 毫米　1/32
印　　张　4
字　　数　68 千字
版　　次　2023 年 3 月第 1 版第 2 次印刷
定　　价　48.00 元

那壳儿贼硬

可它内里却是个软体

目录
CONTENTS

第一章

如去势的公牛，晚秋的日头温顺了许多。日影从四合院的东南方落下来，照在北屋的廊柱上。粗壮的圆木廊柱经不住岁月的拉扯，绷开许多细小的裂纹。纹沟晦明参半，如一位老人额头的皱纹，赤裸裸地透着老气。李王氏身穿蓝底碎花偏襟袄，盘着勺子样的发髻，正依着廊柱坐在矮机上绣花。靠础石放着一个笸萝，笸萝是用匀称的柳条编的，纵横成了面豆似的条格，里面放了青蓝红黄绿的各色线团。李王氏不时从笸萝里换着花线，在竹蔑绣框撑起的绸布上绣着。绣框里一株荷花开了，两条鱼儿在荷叶下嬉水。李王氏正拿了穿着蓝丝线的针在空白处比画着，准备绣上几条水纹，可针刚扎下，就见一股黄风呼地从屋顶上掠过，将裹挟的尘土顺瓦楞抖下来。李王氏伸胳膊护那绣框时，就听见一声粗棱八瓣的叫喊如一堆柴草，从西屋顶上“呼啦啦”掉进院井——

鬼子进村啦！

李王氏打了个激灵，手一抖，绣框里的两条鱼儿差点蹦出来。李王氏赶忙收起针线，将绣框放入笸箩中。她裤管上缠着裹腿，两只小脚一站起，正要转身回屋时，就见三小子从南院过来了。

“三良，你干啥去？”

“驰，我没事。出去溜达溜达。”

“你溜达啥，没听说日本人又来啦。”

“怕他啥么。”三良把脖子一拧，满不在乎的样子。

李王氏将夹在右腋下的笸箩换到左腋下，用右手指着他说：“可不要乱跑呀，小心日本人挖你心哩。”

三良眼珠子一转，说：“我去场院那边转转。”说着，出了院子东南的角门。

李王氏无奈地摇摇头，回屋了。

三良刚才正躺在炕上右腿跷在左腿上看《三国演义》，正看到关羽过五关斩六将那个节骨眼上，听见了那一声叫喊。小鬼子来啦！来了好呀，他们不是爱找人摔跤么，咱跟他比试比试去。他浑身血脉偾张就往外走，可他知道驰胆儿小，不得不撒谎说是去场院。

场院里并没人，二锁跟爹去地里干活儿了。三良直奔场厦大门，想从这里出去，可是木门从外面被个铁钉锦拴住了。他眼珠子一转，瞅见南墙根放着一辆牛车，就跳上车帮，一纵身上了墙头，翻下去径直向戏庙走了。

家家都是闭门锁户，街上没个人影儿。但他觉得日本人没那么可怕，村西不远的秦岗上，就驻扎着日本人，先前日本兵来村里，给他发糖，还跟他摔跤呢。他平时跟二锁学拳脚，自以为有两下子，却不知自己还是个娃，比到那个日本兵跟前，先矮了半头，一拼力气，也不是人家对手，那次没有摔倒小鬼子，反倒被人家摔了个狗啃屎。不行，下次一定要好好摔他一跤。现在半年过去了，他个子蹿高了一截，拳脚功夫也有长进了，该是跟小鬼子比试高低的时候了，要能赢，也算挣回了面子。

说话到了戏庙前，他伏在门外的石狮子头上往里探看，就见几个鬼子叽里呱啦叫喊着，一个鬼子用食指勾着叫二狗上，可是二狗害怕，躲到了丑娃背后。那个鬼子又朝石娃叫："久鲁苟，久鲁苟，你的，过来。"久鲁苟是日语，意为十六，石娃十六岁了，鬼子就这样叫他。旁边一个鬼子手里拿了糖块，嘴里哇啦着，好像是要发糖。石娃就捋了一把袖子上前了。拽住胳膊，两方就扭到了一块，左旋右转，僵持了几下，石娃的黑袄肩胛都被扯到了胳膊上。那个日本兵瞅了个当儿，下蹲、伸腿、旋转，用了一式旋风腿朝石娃下盘扫去，石娃当即就如一截木头滚落出去，在地上翻着滚儿。几个日本兵张开蛤蟆一样的大嘴，“哈哈哈”放肆地大笑。

灰头土脸的石娃从地上爬起来，拍拍屁股后头那块补丁上的土，站到一边。旁边一个鬼子就笑嘻嘻地走过来给他发糖块，他伸手接过，小心剥了糖纸，先把糖纸放在嘴里舔了舔，才把糖块放进嘴里。那个摔跤的日本兵叉开两腿，又勾着食指叫一边的丑娃上，丑娃怯怯地往后退，身后的二狗也跟着他退。

三良骂一句，㞞胆！心里如有一只小虫子在钻，怪痒痒的，就迈步往里走。日本兵见进来一个上穿洋布白衬衫、外面套件蓝色绸马甲，下穿一条蓝洋布裤子的少年，猜想是个不经摔打的少爷吧。正疑惑间，石娃嘴里含混着说：“李崇良，你陪皇军耍耍，发糖哩。”三良，大名叫李崇良，也不推辞，瞅瞅眼前这个兵，嘴里说一声：“我来！”就脱下马甲，随手扔给丑娃。眼前这个兵朝他竖起了大拇指，嘴里吆西吆西着。李崇良捋起袖子，朝手心里吐一口唾沫，两手搓过，就贴近了日本兵。那个兵上前抓住他的胳膊，他也抓住了对方的胳膊。行家一出手，就知有没有。这一抓，李崇良就觉得对方手上有股强大的力道，这力道透过肌肤抵进了筋骨。肌肤里的血液在突突蹦跳，肌肤里的筋骨在咯嘣作响。他死死扣住对方胳膊，扭作一团，左旋旋右转转，想将对方往前一拉再往后猛一推，一招摔倒。可是对方像一根柱子摇了摇，晃了晃，又站定了。再次旋转。鬼子开始发力，猛地往后推，再推，又推。李崇良的腿紧绷着，两脚瓷着地，如犁杖犁出了两道沟，扬起一股土尘。眼见李崇良快把持不住了，那个兵猛地往回一拽，狠狠使出了那招旋风腿，随即放开了手，脸上开始绽放得意的笑容。可是那笑容还没完全展露出形来，就僵住了。李崇良在他眼前如雄鹰般腾空而起，又顺风落下，一只鹰爪猛地朝他胸前袭来，一股巨大的力道将他朝后掀翻，随后便四仰八叉倒在地上。那个兵嘴角一咧一咧想从地上爬起来。

一个大个兵冷哼一声，扭头看着李崇良，走过去伸手拽起地上那个兵。大个兵走过来站到李崇良跟前，歪过头用疑惑的眼光打量着他。李崇良如一只受到攻击的小猫直直地瞪着他。片刻过后，那大个兵伸胳膊上来就抓李崇良，提起他两条胳膊就要往外扔。李崇良紧紧揪住对方的袖子，两脚离开了地面，不料他身子刚旋转半圈，大个兵两手向外猛地一推，李崇良像离弦之箭飞了出去。“啪”！就在李崇良飞离之际，他的右脚尖一探，踢在了大个兵的脸上。大个兵身子一晃，如一头被激怒的狗熊，龇着牙“八嘎”一声，扑上前就要踢李崇良。李崇良见势不妙，就地一个打滚，爬起来就往戏庙西北角的一处矮墙跑去。他听见后面“哗啦哗啦”枪栓响动，一纵身跳上了墙头。

“砰砰”，耳边两声炸响，墙头砖花四溅。他耳朵里嗡嗡作响，一时啥也听不见了。他脸上被砖渣溅得生疼，可也顾不上了，滚落到墙外爬起就跑……

樊凯先生是村里的饱学之士。那天村南头的马家张罗着给娃过满月，邀先生给起个名儿，樊先生去了，看了娃的面相，问了娃的生辰，心想这娃命好着呢，也是个能踢能咬的主，略一沉思，就说叫马驹吧，将来扬鞭奋蹄，有出息呢。出了马家门就碰见李肇玉和二锁一前一后从村南的地里歇晌回家。二锁手里拿着鞭杆，赶着骡子前头走，李肇玉跟在后头。见了面，樊先生就说：“掌柜的去上地了。”李肇玉忙应答：“是上地了。先生忙啥了？”樊先生说了给马家娃取名的事，又问，崇良回来没有？李肇玉叹了口气说：“逆子冥顽，回来就不去念书了。”樊先生说：“为何呀？”李肇玉说：“我说不听，白生气。犬子是你的学生，正要请先生去训教呢。”樊先生看看日头影，就说：“后晌我去家里，问问缘由。”李肇玉说：“先生去家里吃饭吧。”樊先生说：“不了不了。我后晌过去就是了。”李肇玉说：“也好，那我等你。”两人就此别过，李肇玉进了李家巷，樊先生回家去了。

李肇玉进了院子，从廊柱的钉子上摘下用布条缀成的掸子掸身上的土，小翠从西屋出来问了声“爹回来啦”，就拿了铜脸盆去打洗脸水。李肇玉边掸土，便朝南院喊：“三良！”南院却寂静得没一点回音。

李王氏见喊，就从北房里出来，说：“不在吧。”李肇玉说：“干啥去了？”李王氏说：“头前还在呢，说是去场院，半天又不见回来。”李肇玉没再吭声。

吃饭了，二锁从场院过来。李肇玉见是一个人，就奇怪地问：“三良没在那边？”

二锁说：“没见呀。”

李肇玉看李王氏，李王氏像是做了错事，赶紧：“，他说去场院的，咋就不见踪影了呢？”心下却想，这娃呀就不得安然。那年七八岁上，哦，七八岁，狗都嫌。大人在庙里看戏，他就在圪台上跳上跳下，一不小心倒栽葱掉下去，当时就没气了，吓得一家人将他抱回家去，又是敲铜盆子，又是敲铁锅盖，才把他的魂儿唤回来……唉，现在大了，还是没个安然劲儿。

李肇玉闷哼一声，端起碗吃饭。

吃过饭，二锁说："三良不知去哪跑了，我去村里找找。"

李肇玉说："嗯。后晌樊先生要来，赶紧叫他回来。"

二锁走了，小翠去收拾碗筷，李肇玉坐在廊檐下，拿起烟袋杆子抽起了烟。

约莫半个时辰，二锁回来了，手里拿着三良的马甲，对掌柜的说："听丑娃说，三良和日本人摔跤，日本人拿枪打他，他翻墙逃走了。"

李肇玉一惊，忙说："去哪啦？"

二锁说："都说不清。"

畜生！李肇玉狠狠将烟袋锅子磕在础石上，烟灰扑簌簌落了一地。不好好念书，到处惹事。请樊先生来训导训导吧，可人都不见了。李肇玉越想越生气，又担心别出了啥事，就坐不住了，下圪台在院里转开了圈圈。又对二锁说："后晌不上地了，再去找找吧。"

二锁应声，转身过场院去了。

樊先生此时正朝李家走来。他是村里学堂的先生，李家的三个小子都曾在他门下念过书。老大李崇美最有出息，村里念完去城里念了，城里念完又去省城念，将来肯定有出息的。老二李崇善是个实诚人，可不是念书的料，脑瓜里像是装了糨糊，一坐到书院里，看见那些个像蝌蚪蚂蚁的字就犯晕，凑合着念了三年书便不念了，跟着他爹上地干活儿。老三李崇良最有灵气，可就是顽皮得很。曾教他“人之初，性本善”，他非接着念“越打老子越不念”，气得樊先生拿起花椒木板子打他掌心。你打他，他又叫喊疼，泪水跟尿水一样往下流。三捣，三捣，这老三就是捣呀。每每考试，在等第法的优、良、常、可、劣五个等级中，只能给他打个“常”的等级，算是勉强过了关。今年过了年，他爹送他去城里念书，可如今一年没支应下来咋就不念了呢？娃呀，咋就不知道“书里自有黄金屋，书里自有颜如玉”呢。得去给他开导开导，不念书可惜了。这样想着，已到了李家街门口。

李家是大户，石砌砖垒的街门楼透着气派，门头上悬了一块木匾，四个阳文大字是刷了金粉的，因年代久远，金粉有些脱落，显出斑驳的陈迹。樊先生是文化人，文化人见了字牌，总要念一念，过一下脑瓜的。樊先生就念道：陇西旧家。心下便说，是了，李姓自古出陇西。街门里头是内巷，不远就是二道门，门的额头砖刻了一方门匾，也是四个字。樊先生念道：耕读传家。樊先生颔首，遂进了二道门，内巷丈余高的东墙上开了个圆门，是通往场院的，上边水磨方砖上雕刻着四个古朴的楷体字。樊先生念道：率履不越。这回，樊先生的头点得更欢实了。嘴里念念有词道，俭朴生活，不尚奢侈，好啊。背起手往左一拐，进了南院。四合院中，北面是过厅，抬头看时，一块黑褐色的木匾镌刻了四个隶体大字，且不说书了何字，只看那字体遒劲浑厚，就令樊先生感叹不已。樊先生念道：甘棠待荫。念过却站住皱起了眉头，沉吟了片刻，忽如醍醐灌顶，拍拍脑门，嘴里说道，是了，是了。应是置家兴业，荫庇子孙了。樊先生摇摇头，又自语道，财主和财主也不一样呢。难得，难得。遂又背起手进了过厅去了后院，就看见李肇玉在院里走动。

“哎呀，先生来啦。”李肇玉听见声响看清来人赶忙伸出手过来迎接。

樊先生两手抱拳，作揖道：“这宅院好呀。”

李肇玉说：“先生夸了。”

樊先生说：“不光厚实，更有文化。凡物有了文化，就有了神韵。”

李肇玉呵呵笑道：“祖上都是种地的，哪敢谈文化。快屋里坐，屋里坐。”

樊先生并没进屋，左顾右盼，便瞅见了廊檐下两边山墙上镶嵌的砖雕。右首是一幅松鹤图，松树虬曲苍劲，白鹤遗世独立，右上题有两行楷书小字：风落松花细，独鹤爱清幽。樊先生颔首赞了好。左首是一幅清风惊鹊图。他走过去细细端详，见有两行诗，眼睛贴近了吟诵道：明月别枝惊鹊，清风半夜鸣蝉。便说，：“好有意境呀。”随后跟着李肇玉进了堂屋。堂屋正中摆着一张八仙桌，两边放了太师椅，太师椅靠背中间的靠板雕着镂空花。右边太师椅的旁边有个圆机，上面摆着一个花瓶。那是明朝洪武年间的釉里红，腹部浑圆，色泽浑朴，暗红的色儿上烧制了梅花、古松。樊先生对着看了一会儿，说：“好瓷呀。”然后落了座。

小翠端着瓷壶进来倒了茶水，给先生和李肇玉各放到跟前，出去了。

樊先生手摸着茶碗说：“崇良呢？”

李肇玉叹了口气，忙从桌上拿起先前准备的一盒纸烟，掏出一根递给先生，随手拿起洋火点了。又拿着烟袋杆子，将烟锅伸进烟布袋里装烟，就说：“先生见笑了。逆子顽皮，从前晌出去，现在还没回来，找又找不见，不知野到哪里去了。”

樊先生说：“那他咋不念书了，他是咋说的？”

李肇玉说：“他只说日本人管了书院，学董听日本人的，叫学日本啥东西呢，就不去了。”

樊先生摇摇头说："他东洋人有个啥？那字儿还是从中国传去的，学他啥呢。"

李肇玉说："先生说得是。我是觉得这娃干农活拿不起锄头，写文章提不起笔杆，文不能文，武不能武，不成器呀。"

樊先生说："皇帝爱长子，百姓疼小儿。看来你还是偏爱崇良，只是恨铁不成钢罢了。"

正说话间，二锁领着李崇良回来了。

第二章

李崇良翻过墙头，如从云端坠落，也不知哪是东哪是西，爬起就跑，一路跑到了村外。回头看看，没人撵，这才放缓了脚步，大口喘起气来。四野里望望，就看到了秦岗岭上的日本岗楼。哎呀，这是跑到村西啦。咋弄？回家吧，鬼子再找到家里咋办？不行不行，还是先躲一躲吧。他钻进了路旁一片已经掰了玉米棒子的玉米地，“嗤哗嗤哗”拨拉着发黄发干的叶子，心里踏实了许多。穿过玉米地，是一个地埝，地埝根矗着一绺发黄的茅草，在日头影里特别温暖，如娃娃见到母亲的乳房。他不想走了，也不知该往哪里走，“呼哧呼哧”用脚把一片茅草踩倒，又从别处拔了些铺到一起，便成了一盘柔软的炕。他躺下，又将身子在草上蹭了蹭，才觉得舒坦了。望着高高的、蓝蓝的天，那天幕上就出现了几个小鬼子，小鬼子端着枪张牙舞爪好像从戏庙里出来，在他后边追上来了。可是，他觉得自己跑得更快，一阵猛跑就把小鬼子甩得没影了。那一定是秦岗据点的鬼子，可是他们啥时候走呢。他猜不透。

这鬼子真够坏的。他见过几次鬼子，有时觉得也挺逗，尤其是见了小孩，逗你玩，给你发糖，可就是你要惹到他，就如六月的天，马上跟你翻脸，打雷、刮风、冰雹，啥都敢给你来。刚到城里念书那阵子，一天突然来了几个日本人，一个军官带着几个士兵，见学生们在操场上玩耍，就对迎接的学董叽里呱啦说了几句话。学董便将搭在胸前的围巾朝脖子后一甩，走过来对他们几个学生说："皇军要跟你们玩摔跤，好不好？"几个学生瞪着眼看学董，不说话。李崇良就说："好，摔就摔。"学董又说："皇军说了，你们几个一起上，怎么样？"那三个学生都看他，他就说："行。"学董弯着腰走到日本人跟前，点头哈腰说了几句话，那日本军官就走过来，脱了外衣，拉开了架势。李崇良朝身边的几个同学喊一声，"上！"几个学生就往上拥。抱胳膊搂腿的，想如蚂蚁一样将日本军官当面团揉成一个蛋子，可是还没近身，两个同学已被四仰八叉地摔出去了。他猛地弯腰钻到日本军官腿下，心想着腿是根子，抱住这人的腿用头猛往后一顶，就会把日本军官推倒。谁知他刚抱住腿，正说用头顶呢，头发却被那家伙拽住了，自己如风中的幌子，咋都使不上劲。他脸朝上仰着，看到了一张得意地笑着、笑得都变了形的脸。他一急，两手就抠住对方大腿上的肉，使劲一拧，心想让这家伙疼得松了手，就能用头顶他了。谁知那家伙嘴一咧，喷出了两个带着口臭的字：八嘎！接着，他听见“啪啪”几声响，自己脸上就火辣辣地疼开了……那次后，他觉得日本人不是个东西。

还有更不是东西的呢。听驰说，北唐村姥爷一家七八口人都是被日本鬼子害死的。那年鬼子刚来时，自己还小，那天夜里逃荒，大人拉上他就走，都说日本人长得像妖魔鬼怪，到处杀人放火，自己不知道妖魔鬼怪是啥样，只觉得反正不会好看，是个坏家伙。在北山根过了一段很糟的生活，回村后，人们就说北唐村遭到了鬼子屠村，全村人都死了。有人说是一个小鬼子在这村里失踪了，才遭到了鬼子的报复。小鬼子把全村人用刺刀逼到一个麦场里，不管男女老少，用绳子串绑起来，一缗一缗地往水井里推，如一串虾米被投进了鲨鱼口中。后来，日本人又一把火将全村的房子烧了。大火烧了三天三夜，把天都烧得发黑了，地上也成了一片焦土，一个晨有鸡鸣、暮有炊烟的村庄竟变成一片死寂的残垣断壁！驰说，妗子死得最惨，还怀着孩子呢，就让鬼子给糟蹋了，糟蹋后又用刺刀给挑死了。驰说这事的时候，哭肿了眼睛，哭干了泪。那个时候，他就奇怪了，小鬼子看上去人模人样的，咋就是青面獠牙的魔鬼呢！你不在你国家里待着，却漂洋过海来我们这里祸害，他想不通。

太阳照着，草偎着，暖洋洋的。他的眼皮有些沉了，眼皮里的蓝天越来越小，也越来越灰，后来就完全暗了。

恍惚中有点凉，也有点痒，睁开眼，太阳已经偏西了。风从身上掠过，风里带了些凉意。哪里痒呢？是在鼻梁凹里，伸手一挠，抓下了一只蜗牛。他坐起来，拿起蜗牛看。蜗牛有指头蛋子大，白色的壳儿硬硬的，一动它，支着两只角的牛牛“刺溜”一下就缩进了壳子。壳儿是螺旋状的，旋到中间便凸起一个尖尖，贼硬。他和丑娃、二狗一起玩过顶牛，各拿着一个牛牛，尖尖顶住尖尖，使劲顶，看谁能把对方的牛牛顶破，谁的破了，谁就败了。丑娃总爱捡个头大的牛牛，谁知个头大的皮儿也薄，常常不经顶，输得多。自己赢了，当然高兴，心下就想，自己就是个又尖又硬的小牛牛。

肚皮里“咕咕”叫了。他想鬼子该走了吧，想回家去，就站起来拍打拍打身上的土，往回走。

他是由北绕到村东进村的。快到村口时，二锁正站在那里张望。他想一定是爹让二锁找自己的，想起爹那张老是绷着的脸，心里就有些怵。

二锁迎上来问：“你跑哪去了？”

他说：“没跑哪，就在地里呢。”

二锁说：“走，回。”

两人厮跟着往回走。二锁又问：“你跟日本人打架了？”

他眼皮往上一翻，说：“你咋知道？”

二锁说：“找你半天了，把掌柜的都急死了。”

他说：“我摔他小鬼子呢，谁知鬼子开枪哩。”

二锁说：“你逞能。凭你那三脚猫功夫能摔了人家？万一有个好歹可咋弄。”

他凑近了二锁，神秘又兴奋地说：“父，我可没吃亏呀。我把那个小鬼子给摔倒啦。”

二锁转脸瞥了他一眼，说：“掌柜的请樊先生来家了，要见你。”

他瞪大了眼睛说：“见我干啥？”

二锁说：“是劝你念书哩吧。”

他脖子一勾说：“我才不念哩！”

二锁说："那你干啥？"

他说："我跟你练武。"

二锁摇摇头，说："好好念你的书吧。"便领他进了场院。二锁见他身上有土，就从屋前的绳子上拽下手巾，要给他掸土，他接过手巾朝自己头上、肩上、后背上、腿上掸了一顿。待二锁给他端来一盆水，他两手掬起水朝脸上撩了一把，一抹，算是洗脸。擦过后，二锁说，走，过去见掌柜去。他脸上立刻罩了一层云，阴沉下来，很不情愿地跟在二锁身后往里院走。

樊先生见他低头站着，就说："崇良，坐下说话吧。"

李崇良说："先生，我站着。"

樊先生说："人嘛，不患无才，就怕没志。崇良呀，你不念书，那想干啥哩？"

李崇良看了他爹一眼，没敢吭声。

李肇玉没好气地说："给先生说呀。"

李崇良说："我想打鬼子。"

"好！"樊先生说："也算有志气。可是，赶跑了鬼子，打完了仗，你干啥呀？"

……不知道。李崇良眼珠子朝上翻了翻，看着木制的天花板，他想象不出打完仗会是啥样子。

樊先生吸了口烟，悠悠地吐出来，然后说：“古诗里说，少小须勤学，文章可立身；满朝朱紫贵，尽是读书人。这不好好念书，以后咋能有个好前程呀。”

李崇良脖子一拧说：“先生，你让我念啥呢。就让我念那些狗屁“中日亲善”“东亚共荣”么？我可不想当汉奸，不去，不去了。”

李王氏走到门槛外，没敢进来，只是站在外面说，三良还没吃饭呢。

樊先生和李肇玉对视了一眼，摇摇头说：“乱世难重教呀。要真是这样，也罢了。只是以后不要惹啥乱子就是了。好了，你去吃饭吧。”

崇良眉眼一下开了，给先生鞠了一躬：那先生你坐坐。转身出去了。

李肇玉摇摇头，叹了口气说“一块烂石头，难以琢成器。”

樊先生说：“我看这娃倒是面相不赖。少年两道眉，老来一副须嘛，该是有作为的。且问生辰八字如何？”

李肇玉知道樊先生通晓卜吉凶、看风水、观面相这些。樊先生原是只管教书的，可村里的百姓都晓得“秀才不出门，便知天下闻”，就以为先生啥都懂，遇到婚丧嫁娶、生娃盖房啥的，都去请教先生，逼得先生不得不看些《周易》《八卦》之类的书。俗话说，秀才学易经，仨月就能通；秀才学阴阳，三天两后晌。樊先生也就真成算卦先生了。李肇玉对先生说：“崇良生于民国十九年(1930)四月初九，时辰么一他想了一下，哦，天明的时候，该是卯时吧。”

樊先生伸出右手，拇指按在相对的四个指节上掐算了一遍，口中念念有词：“这娃是土命，土生金，金生水……哦，倒是顺合之相。如遇顺境，倒也能显贵于世了。”

李肇玉微微一笑说：“四肢不勤，五谷不分，冥顽不灵，怕是难成气候。”

屋里已经晦暗。樊先生起身说：“吉人自有天相。看他造化吧。”

李肇玉说：“先生再坐会儿，在家里吃饭。”

樊先生说：“罢了罢了。我得回去了。”

李肇玉相跟上，一直送到街门外，拱手道别。

晚饭后，李肇玉背着手去街门口查看，见二锁将门拴牢了，又到场院转了一圈，回到堂屋看书去了。小翠陪着李王氏在北屋的上房里绣花。这小翠是收养的。日本人来的第二年，小翠的爹得痨病死了，她妈要跟一个货郎担走，带了她幼小的弟弟，就不能再带她了，要把她送人。李家掌柜的听说了，就动了心思，家里生养了三个二骡子蛋，后来生了个女儿，却没养活，老婆气出一场病，就闭怀了。现在逢了这茬口，能有个女儿也算遂了愿，就让人拿上两块大洋，将小翠领回来当女儿养。李崇良来到北院时，就听见馳嘴里哼小曲，那曲儿顺着门帘飘出来：

秋天里来叶儿黄

儿在外娘心里想得慌

一年到头见不上面

娘的泪蛋蛋直往下淌

他挑开布帘进去，见馳盘着腿绣花，就说：“馳，你是想我大哥了吧？”馳说：“你大哥来信啦。”他问：“我大哥说啥了？”馳说：“我给你说不清，你去看信吧。”他说：“信在哪？”馳说：“在你爹那边。”

李崇良硬着头皮进了堂屋，见爹坐在雕花靠背椅上，一手端着烟袋杆子，一手拿着书凑在灯下看，就问，爹：“我大哥来信啦？”他爹没吭声，放了书，从桌子上靠墙的一个雕花木匣里拿出折叠的一张纸，放到他跟前。他展开信纸，凑到灯下看。大哥信上说，毕业后他原想在省城找个工作，但眼下日寇猖獗，省城沦陷，毅然决定参加抗日牺盟会。还说国家兴亡，匹夫有责，希望能为抗日做些事。李崇良看完信，站起来问他爹，“牺盟会是个啥？”他爹从嘴里抽出玉石烟袋嘴，说：“抗日的吧—这话出去可不能乱说。”李崇良乖乖地说：“我知道爹。”心下想，现在大哥参加了抗日组织，能扛枪去打鬼子了，要是自己也能拿枪打鬼子多好呀。就对爹说：“爹，要不我也去抗日吧。打他个小鬼子。”

李肇玉将烟袋杆子从嘴里抽出来，肃然地说：“你在家安然些吧。”

李崇良瞄了他爹一眼，没敢再吭气。见他爹又看书了，才说：“那我去了爹。”便退出来。

一下圪台，他就朝东边的场院走去。

二锁正在牛厦给牲口上草料，拌了些饹馇，拿起料棍在槽里来回搅拌了几下，顺手将料棍欹到槽边，提上马灯往外走，就见李崇良走过来。

二锁说：“过来啦。”

李崇良说：“师父，教我两招吧。”

二锁说："站桩去。"

李崇良说："又是站桩呀，多没意思。"

二锁说："习武不站桩，等于瞎晃荡。下盘不稳，身上没劲，你练的啥功嘛。"

李崇良说："知道了师父，那我练去。"其实场院里并没有木桩，说是站桩就是两腿站到一辆废弃的牛车帮上。李崇良站上去，蹲下马步，抱拳拱腰，气运丹田，像模像样地练开了。

二锁将马灯提回屋里，出来时肩上搭了绳子，又将门口的两块石板一手一块提了过来，对李崇良说："绑到你腿上。"

李崇良任由师父将石板给他绑上，只觉得两腿下坠，见师父去练气功了，再不敢吭声。

第三章

老天慢慢往下扯着幕布，天外的日头影儿就越来越少了，最后露个缝儿，透进一袭红黄的光霞，煞是好看。东唐村舅家的院子里，宋宝奎看看天，拉了李肖英一把，说："不早了，咱回吧。"李肖英说："回就回。"宋宝奎就到北屋里跟二舅道别，二舅说："出胡同朝西一直走，就到村边了。"他俩就朝西走，走到村西头没了路，是一筑矮墙，朝外一看是麦地，两人就翻过墙，从地里奔西走了。

宋宝奎和李肖英都是二十出头，在李家庄也是响当当的汉子。

宋宝奎的父亲宋德生在村里当闾长，做事一向很稳重，但当年相亲时，却吃了一个大亏。那姑娘是东唐村的，媒人领着他去相面时，一路上把那姑娘说得似天仙下凡，见面时，那姑娘穿着洋布蓝底碎花衫，面朝墙壁盘腿坐在炕上，平肩细腰，一看便是窈窕淑女，宋德生心下便有几分暗喜。他想看看女人的脸，那女人却坐着不动。正欲说话，媒婆推他一把，将他推出了外间，对他说，人家姑娘害羞呢，见一下就行了。随后过了彩礼，定下了迎娶的日子。等结婚的那天将媳妇迎进门，用秤杆挑开红盖头，却发现媳妇原来是个塌鼻梁，鼻孔像从肉里冒出的两个洞。这让宋德生失望不已，但事已至此，只好将就了。宋德生后来给人说，只说是个好媳妇，谁知是个没鼻婆。好在这媳妇身段不错，又贤惠，还明事理，第二年就给生了个胖娃娃，倒让宋德生觉得媳妇可爱了。宋宝奎兄弟二人，他是老大，家里住不下，他只好分爨另过。早年跟着樊先生读过三年书，樊先生说他是口阔而方俸千钟，是福相。早前县上成立抗日武工队，队上的薛政委是东唐村的，宋宝奎去他舅家，就在那里相识了，发展他成了地下武工队队员，宝奎回村就又发展了相熟的李肖英。李肖英有个兄弟李肖雄，爹娘死得早，是李肖英将弟弟带大的。这次他们是去东唐村秘密开会，薛政委让他们发展队员，搞些枪支，壮大自己的武装力量。他们后晌开完会，各自分散从东西南北出了村。城西一带是日伪军活动频繁的地方，宋宝奎就待在他二舅家里，和肖英商量着等天黑了再回。

两人不敢走大路，顺着沟岔往西赶。但过老君沟非走官道不可，不然就得多绕六七里地。这时天幕已合，两人胆子也大起来，撩开长腿就往沟坡上爬，谁知刚跑上坡，斜刺里赶来一队黑狗子。黑狗子喊话："站住，干什么？"两人一看不好，撒腿朝西就跑。后边就响起了噼里啪啦的枪声……

后晌的天气懒洋洋的，有些疲倦的模样。李肇玉带上二锁去南门外的麦田里，碾压长疯了的麦苗。这一段天气暖和，加上种麦之前下了场透雨，墒情滋润，几块洼地的麦苗钻出地呼呼狂长。俗话说，麦没二旺。现在光长苗儿，麦根不深，麦粒难饱，要影响明年的收成哩。李肇玉就让二锁套了骡子，拉上石磙子来碾压了。二锁子碾压完一块麦地，将黄牛赶到上埝一块地头上。李肇玉说："二锁，你歇一下。我来。"二锁说："掌柜的，俺不累。"李肇玉说："你抽袋烟吧，还是我来。"他接过缰绳，吆喝着牛忙活开来。天气不错，他心情也好，拽着缰绳，石磙子从翠绿的麦苗上轧过，发出轻微的"嚓嚓"声，他就觉得有了调儿，嘴里就哼起了蒲州梆子。那是《香罗带》的一段唱词：

在校场练兵马从早到晚
保国土御外寇不敢偷闲
想当年洪武爷南征北战
开创了大明朝万里江山
文凭的刘伯温神机妙算
武凭的宝帐下武将千员
文武们个个是忠心赤胆
治内政防外辱国泰民安

赶了两个来回，李肇玉的额头微微浸出了汗。当他抽下肩头的手巾擦脸时，二锁赶过来从他手里接过了缰绳。

李肇玉坐到地埝上，手往烟锅子里装着烟，眼却看着二锁，心下就说，这可是个好娃呀。

二锁姓陈，原是个山东娃，家在荷泽一带的陈家庄。早年他爷爷参加过义和拳，练过“铁布衫”，说是刀枪不入呢。那年洋毛子从天津登岸攻打北京，皇城告急，主政的慈禧太后无兵可用，便招来山东义和拳捍卫京畿。二锁的爷爷用鸡血祭了大刀，冲入了洋毛子的洋枪阵，谁知面对喷射过来的铁弹，“铁布衫”的咒语却怎么也不灵了，他爷爷的身上被打成了马蜂窝。

临闭眼的那一刻，他还说“铁布衫”是刀枪不入呢，只是咒语没念好。二锁的爹也是一个练家子，可惜民国二十七年（1938），黄河大溃堤，洪水如猛兽在鲁北一带泛滥，所过之处房屋尽毁，人为鱼虾，幸存的灾民纷纷逃离。二锁就是在那场洪灾中躲到一棵老榆树上，侥幸保命的。等洪水退去，一片泥泽，二锁不见了爹娘，也不见了幼小的妹妹，蹚着遍地的黄水泥汤，从稀软的泥沙和枯枝败叶中爬出来，跟着逃荒的人群一路讨吃要喝来到山西。

李肇玉看着二锁的背影，想起刚见到小二锁时的那个模样。这娃满脸垢痂，长长的头发里掺着草屑，纠缠得如一团乱麻。听了小二锁诉说家中的遭遇，看到他眼里清灵又倔强的光芒，他就可怜这个娃了。就说：“你要愿意，就留在我家吧。”小二锁跪下就磕头……他没看错这娃。二锁长成小伙子了，白天干活，夜里习练拳脚，不管啥农活，样样拿得起，看家护院也是一把好手呀。为了二锁，就辞去了西唐村的在家当了多年伙计的王三。伙计是给咱家种地的，你不能亏待他，你亏待他，他就会亏待地。当初王三走的时候，李肇玉还多给他拿了两斗粮食。

二锁，让牛也歇歇吧。李肇玉站起来，给快到地头的二锁说。可是他一转脸，却看到了村边官道上一溜尘土飞扬起来。过啥队伍了？他心里嘀咕着，不由得又往高处走了走，一瞭眼，还是看不清。二锁放下牛跳上地埝，瞭了一会儿，跳下来说："是小鬼子，还有黑狗子呢。"

李肇玉说："等过完队伍咱早些回。"

二锁说："那俺不歇了，赶紧把这块地碾完。"

这天，他们早早歇了晌。吃过晚饭，李肇玉放下碗，小翠就拿过烟袋递给他。他从烟布袋里撮着烟，给二锁说："我觉得今儿晚上不对劲，你操心着点。"二锁说："嗯。一会儿俺去外面转转，看有啥动静。"李崇良赶忙放下碗说："我也去。"说完，他瞄了爹一眼。李肇玉没吭气。

月上树梢，二锁给牲口添上料，从门后拿出一根四五尺长的枣木棍子，走到院里，呼呼舞动了几下，收起来。李崇良腰里勒了一条皮带，背后插着一把大刀过来了。二锁说："咱去把门插好。"两人就返回到主院，将街门和二门都闩了，插了横杠。又回到场院，出门反扣了锁，朝街上走去。

街上很冷清，间或有几声狗叫在夜空穿过。两人从戏庙前走过，拐上大街时，见两边的店铺都已打烊，插了板门，二锁就说："咱去南边看看吧。"李崇良说："嗯。"两人刚要朝南走，就见西巷里出来个人，忙贴在戏庙的墙角看。来人近了，一看是石娃，二锁走出来招呼道：“是石娃兄弟呀。干啥去？”石娃愣了一下，随后就说：“是我。我馳打摆子呢，我去李华荣大夫那里抓药呀。”李崇良也出来了，因了那天摔跤的事，他觉得石娃吃了日本人的糖，有些轻贱了，就没理他。石娃看见他们俩拿着家伙，就惊讶地问：“你、你们俩弄啥哩？”二锁说：“没事。俺随便转转。”石娃走过去，回头又看了一下，看到了李崇良背后一道寒光，赶紧跑走了。

两人到了南门外的官道上，朝东朝西看了看，并没啥动静。二锁一摆头，两人又沿着官道朝东走去。月明中，官道显得灰白，道南的地埝上支棱着快要枯萎的蒿草，在风中无声地摇摆着。这是一条从浍川通往扬水的要道，有丈把宽，道中有两条车壕，车壕两旁蓄积了可以淹没脚踝的虚土。少说也几百年了吧，这条道上走过了不知有多少行人和车辆，载过大小不等、宽窄不齐、厚薄不一的脚印和车辙。尘土、泥泞、板结，路面就在脚板和车轮的剐蹭碾轧中迎来送往。他俩深一脚浅一脚趟了浮土走到了东门。李崇良说：“陈师父，我看也没啥动静，咱回吧。”二锁跳上路南的一块高地，朝东望了望，就见灰白的官道如一条蛇朝前爬去，不见了踪影。二锁跳下来说：“回。”两人就折向东门往村里走。刚到东门那座砖塔下，“啪”的一声枪响从东边传来，给这平静如水的夜投下了一块石头。他俩都愣住了，站住细听，又不见了动静。二锁猛地朝那砖塔跑去，一纵身，“噌”的跳上有一人多高的塔基。李崇良紧跟着赶过来，也跳了上来。往官道上望，却并不见人影。两人正睁大眼搜索着，只听“啪、啪”又是两声枪响。二锁说：“是在东沟那边。”李崇良就朝东沟那边望，银白的月明里，似乎有人影正快速逼近村子。他嘴里就说：“前边有两个人在跑……哎呀，后边还有六七个人在追呢。”二锁说：“甭吭声。”

前边的两个人影一走一晃，像是搀扶在一起奔跑。后边的那些人影更如奔跑已久的猪狗，东摇西晃。那两人直奔村口而来，“近了，近了……”二锁沉声说：“那高个儿像是李肖英。”李崇良问：“师父咋整？”二锁说：“后边有追兵，快下去接他们！”两人一纵身跳下塔基，朝那两个人影奔去。

李肖英猛抬头见前边冒出两个人来，一吃惊就举起了手中的盒子枪：“谁？”

“肖英！俺是二锁。”二锁说着，到了跟前，一看被搀扶的是宋宝奎，右胳膊在胸前窝着，像是负了伤，就和李崇良左右两边架起就走。李肖英朝后看了一眼，“啪、啪”放了两枪，随后问：“你们去哪？”李崇良看着李肖英手中的盒子枪，说：

“去我家吧。”二锁说：“掌柜的说不？”李崇良说：“顾不上那么多了，快走。”两人架住宋宝奎就直奔了场院。

李肖英靠在村门头的土墙后，朝外瞅着动静。

一进村，就如鸟儿钻进林子，后边的黑狗子就难找了。过了一会儿，李肖英进来，把盒子枪往腰里一插说：“小鬼子总算没敢进村，要不老子非放倒他几个。”低头赶紧看躺在炕上的宝奎，就问：“伤咋样？”宝奎只是喘气，二锁就说：“还好，穿了点肉，没伤着骨头。”李崇良端过一盆热水，又拿来一条白布，二锁就给宝奎清洗伤口，用白布包上。李崇良返回那边院里，又抱来了两床被子，说，大哥你们就住在这里吧。李肖英有些担心，说：“黑狗子会不会来夜袭呢？”二锁说：“你俩歇着点。俺再出去转转。”李崇良说：“师父我也去。”二锁说：“你在家照料着。”说完，独自出门走了。

第四章

第二天一大早，李肇玉转过场院来，二锁赶紧给掌柜的说了实话。李肇玉进到屋里见他们都还睡着，又见李崇良也睡在炕头，就戳了他一把，李崇良当即翻身坐起来，一看是他爹，愣住了。李肇玉摆摆手让他出来，说："快去李大夫那里拿些药。"李崇良原说爹会骂他的，却是让他去拿药，心头一松，赶忙答应一声，噢。转身走了。一会儿，李肇玉拿手巾裹了几个馍，提了一温瓶水过来，给二锁放下，交代说，就让宝奎在这里养着。说完过主院去了。李崇良拿了几包"生肌散"回来，往炕上一放，二锁叫起宋宝奎和李肖英，招呼着给宝奎敷了药，又让他们吃馍，喝水。李肖英吃完了两个馍，一抹嘴说："柜的知道啦？"二锁说："知道啦，说是让宝奎在这里养伤呢。"肖英说："那我先回，给家里说一声。"端起碗咕咚咕咚喝了几口水，拉开门瞅瞅，走了。

半晌后，村里突然来了一小队黑狗子，分头到各家各户搜查。李崇良给他爹一说，李肇玉就说，把场院门锁上，快把宝奎藏到草仓里。李崇良去了场院。

李家的街门被敲响了。李肇玉努努嘴，让三良去开门，三良慢吞吞过去，将门打开了。三个黑狗子端着枪走进李家内巷。李肇玉穿着长袍在二门口迎上去说："兄弟们有何贵干呀，快进屋喝口水吧。"一个小头目模样的就说："我们是奉命搜查八路，打扰了掌柜的。"李肇玉说："哪里哪里。你看八路会到咱家里来？呵呵，你们来了就进来抽支烟吧。"说着撩起袍子，从内衣口袋里摸出一盒纸烟，一人发一支，又划洋火给他们点着。那个小头目说："奉命行事，也是没法子呀。"李肇玉说："那就查查吧。"说着就往南院领。三个黑狗子站在院中，望着肃严的四合院，东瞅瞅，西望望，觉得不像是藏八路的地方，不过还是推开了各房的门进去探看。从南院到北院，转了一圈，不见有啥可疑的地方，小头目就说："走走走，想他八路也不会来这里。"李肇玉跟着他们从角门出了内巷，心下稍稍放松了些，不料那个小头目一转脸瞅见了通往场院的圆门，说："哎，这边还有个院子呀，看看去。"李肇玉的心陡地提到了嗓子眼，赶忙撵上去说：“这边是牛厦场院，脏呀，臭呀，别弄坏了老总的身子。”可是三个黑狗子已经进去了，分别朝马厩、草仓和二锁住的房子跑去。李肇玉将手里那包香烟递给三良，给他使了个眼色。李崇良赶忙向去草仓的那个小头目喊道：“老总！辛苦啦，辛苦啦，把烟拿上抽吧。”说着将烟塞到他手里。那个小头目嘿嘿笑了一下，将烟装进口袋，对正从马厩里出来捂着鼻子的两个黑狗子说：“弟兄们，撤吧！”

黑狗子走了，李肇玉长长出了一口气，赶紧叫三良把门关上。

天刚黑，李肖英来了。李崇良缠着宋宝奎说：“大哥，我知道你们是抗日的，也带上我去抗抗日吧。”宋宝奎看着他只笑不答。李肖英就说：“你个小娃娃懂啥抗日？”李崇良瞪起了眼说：“国家兴亡，匹大都有责哩。再说我也不小了呀。”宋宝奎不笑了，就问：“你咋还知道‘国家兴亡，匹夫有责’呢？”李崇良说：“我大哥说的。他现在还参加了抗日牺盟会呢。“突然，他打住了话，朝自己嘴巴上啪啪扇了两巴掌，嘿嘿笑着说：“你看我这嘴，老爹不让说，就给你们说了。”宋宝奎说：“你放着少爷不当，非干那提脑瓜的事？”

李崇良说：“我才不当这狗屁少爷哩。要能真枪真刀打小鬼子，那才痛快。”

李肖英故意逗他说：“你不怕脑瓜搬家？“

李崇良说：“我不怕，脑瓜掉了再长一个么。”

李肖英朝他脑勺后拍了一巴掌。

第三天黑过，宋宝奎要回家去。回家前他去见了李肇玉。

他说，多亏大伯相救……话还没说完，李肇玉就摆摆手说：“啥也别说。你们干的是大事，好好养伤，养好了干你的事。”

宝奎说：“我还想跟大伯商量个事。”

李肇玉说：“那你说。”

宝奎说：“崇良兄弟想跟我干。我怕大伯您……”宝奎知道李肇玉是明白人，就没再说下去。

李肇玉没有吭声，顺手摸起了烟袋杆子，点着吸了两口，将锅子朝桌子腿上一磕说:“这娃生性顽劣，只怕给你们添乱子。”

宝奎说：“大伯你放心，我好好带着他就是了。”

李肇玉没再说话，又拿起烟袋杆子，没有装烟，只把淡绿的玉石嘴含在嘴里。

西唐村的王三喜被鬼子点了天灯，一时在当地引起不小的震动。

王三喜是地下武工队队员，曾和队友除掉了在县里给日本人干事的一个汉奸，不知咋就泄露了风声，被人告发了。一天夜里，他刚从外面回到家门口，就被暗伏在周围的警备队逮走了。鬼子给他上老虎凳，灌辣椒水，问他是不是土八路，队员还有谁，活动地点在哪里？但王三喜是条硬汉，一身皮囊比铁还硬，老虎凳把腿都要垫折了，辣椒水把肺都要呛炸了，愣是没说一个字。在那个血染的黄昏，鬼子把王三喜扔上汽车拉回到西唐村，往他身上泼了汽油，用铁链子将他吊上一根杆子的顶头，火把朝上一扔，点燃了。火苗爆裂，映照着村民惊恐变形的脸，散发出刺鼻的人油味。王三喜他娘嘶喊着朝跟前扑去，却被鬼子一刺刀扎进喉咙，当场没了声息。王三喜他爹干瞪着眼，一口血喷出来，直挺挺昏倒在地。王三喜没吭一声，在噼噼啪啪震响的火光中，身子变成了一朵一朵燃烧的瓦蓝的火苗，掉落在地上……

王三喜被害，组织上疑心是有汉奸出卖的。根据调查，嫌疑人很可能就是在四区区公所当文书的邱疤瘌。县武工队让四区的宋宝奎暗中负责查实，想办法予以处决。伤势还未完全愈合的宋宝奎就把这个事交给了李肖英。又说："你带上李崇良吧，先探探消息，让他也磨炼磨炼。"

那天黑过，李崇良站过桩，正和二锁比画着习练对打呢，听见场院门响了，二锁过去开了门，见是李肖英，赶忙让了进来。李肖英见李崇良一副短打装束，就说：“正练呢。崇良你过来，咱掰掰手腕，我看看你量力咋样。”李崇良就过来伸出了胳膊，两人站在地上，弓着腰就较量开了，李肖英人高马大胳膊粗，很快就压倒了李崇良，李崇良眼看支持不住了，身子往上一贴，用肩膀扛住了。李肖英伸出左手推了他一把，说：“你个赖小子。”

李崇良嘿嘿笑了，说：“大哥，我要再长两年，肯定能掰过你。”

李肖英说：“给你说个事。”

“大哥你说。”

“去抓汉奸，你敢去么？”

李崇良一听抓汉奸，就瞪大了眼，哪个汉奸？

李肖英说：“你知道西唐村王三喜那个事吗？”

“知道呀。不是被点了天灯？”

“那明天跟我走。”

“去哪？”

“唐村。”

李崇良两腿一蹦，“噌”地蹿上了院中支着的牛槽。

李肖英说：“看把你高兴的。”

李崇良嘿嘿笑着又“噌”地跳了下来。

第二天一早，李崇良穿上二锁平时干活的粗布衣服，头上扣了一顶毡帽，肩上搭了条褡裢儿，跟着李肖英去唐村了。唐村是四区区公所的治所，也是城西一带的重要集镇，逢一、四、七日赶集。这天是十月二十七，正是集日。李肖英和李崇良往那里走着，路上就看见一些赶集的村民有的挑了一担葱，有的扌汇了一筐篮柿子，有的推了一独轮车红薯，还有的牵了牛和毛驴。他俩尽量避着人走，不给人搭话。一路上，李肖英给李崇良交代着这次任务，说：“邱疤瘌你不认识，他原名叫邱学仁，他姐邱金花就是咱村李汉章的小老婆。他家早先也是个大户，可他爹却是个大烟鬼，抽面料金丹，吸鸦片，硬是把一份好端端的家产给抽没了。民国二十六年（1937），省里下了禁烟禁毒令，可那个狗屁阎主任又怕一时不好禁，就规定了个限期禁烟禁毒的办法，说是从这一年起，三十岁以下的烟民第一年退瘾，三十岁到四十岁的第二年退瘾，四十岁到五十岁的第三年退瘾，五十岁以上的第四年退瘾。还说要是不能退瘾的，或者退了又吸上的，要坐十年以下大牢，罚一千大洋。你猜咋着？结果那一年日本人来了，他连自己的宝座都坐不稳了，哪还顾得上禁烟禁毒？邱疤瘌他爹就这样把地产房产全卖了，最后自己死了，逼得他老婆也上了吊。真是个败家子。这邱学仁从小念过书，能写一手文章，败家后，靠了他姐的接济长大成了人，可是家里要房没房，要地没地，过二十了连个媳妇也讨不上。那年收麦时，西唐村李家媳妇让邱疤瘌给她在河东的汉子写封信，让她汉子回来收麦。谁知这夙货乘这机会就把李家媳妇给睡了。世上没有不透风的墙。李家壮汉回家听说后，就操了这份心。一天对他女人说，我上地呀。就出门走了。可是从地里转了一圈就回去了，果然就撞见了邱疤瘌跟他女人亲热哩。这壮汉恶从胆边生，踹开门进去一脚就把邱疤瘌从他媳妇肚皮上踢下来。就这还不解气，又从案板上拿起菜刀，朝邱疤瘌脸上劈了一刀，给他留了个咋也抹不去的记号。可是，不知是这夙货有能耐呢，还是他姐有能耐，前两年竟又混到区公所当了个写手。又靠了他姐的接济，买了座院子，从东山上接回来个年轻寡妇……”

李崇良像听故事一样听得入了迷，等李肖英说完，他就急着问：“那王三喜的死，是不是这家伙告的密？”

李肖英说：“还不能肯定。咱得想办法弄清楚。”

两人到唐村村口了，就不再说话，随着人流上了街。

街市上已经有了热闹景儿。两边的地摊上，除了秋收的庄稼，还有南村人从河边割下芦苇编成的炕席，有东山根的人从山上砍下荆条编成的筐篮，有铁匠支了炉火现场打钯钉或马蹄铁的，有捏糖人的，有卖芝麻糖的，有捏泥哨呼的，有拉糖稀吹咯嘣嘣的，还有的在地上铺了块布，摆了毛巾、洋碱、梳子、雪花膏、红头绳、洋火等日用品的。天冷了，许多摆摊的人站在摊子后头，袖起手，跺着脚，眼瞅着过往的人，嘴里吆唤着或高或低或粗或细乱七杂八的叫卖声。也有一些店铺，都是剃头铺、洋布铺、杂货店、羊汤馆之类的。地摊将不太宽敞的路面挤兑得越发狭窄了。他俩无心买东西，东瞅瞅，西看看，穿街而过。到了一个十字路口，李肖英给李崇良使眼色，意思是北边巷内就是区公所了。

李崇良心领神会，将肩上的褡裢一抖，大模大样朝北边的巷内走去。

区公所是一座四合院，门口的青石铺的台阶，两扇门板裂满了纹路，但却很厚实，多少透出些衙门的森气。李崇良没进过衙门，也不懂啥甲乙丙丁的规矩，进去后低头瞅瞅东房，见一个上了年纪的人戴着老花镜翻账本，心下说不是他。又朝北房里瞅，见有两个人坐着说话，一人梳着背头，一人穿着长袍，两人脸上都光堂着，心下又说不是不是。就绕了圈子又朝西房瞅，西房门关着，就又瞅南房，阴暗的门框里显出一个瘦弱的人形来。走近了看，一个留着三七分头、约莫三十岁的人正趴在桌子后头写字呢，李崇良就疑心是邱疤瘌了。他干咳一声，想让那人抬起头，可是那人脖子硬，没抬。他就说：“头儿，我问个事。”那人手里捏着毛笔，终于抬头了。瘦削的像驴脸一样的右眉上方，一条斜疤如一道闪电在他心头划过，那斜疤红紫齐整如一条毛虫从眉心爬进了浓密的发际。

这就是邱疤瘌了！

邱疤瘌不耐烦地说：“看啥看。你啥事？”

李崇良说：“哦，头儿，我、我问一下今年的田税咋缴哩？”

邱疤瘌说：“你哪个村的？财粮员没给你说？”

李崇良没敢说哪个村的，只说没有没有。

邱疤瘌说：“比照去年，一亩地再加二钱三厘。”

李崇良故作抱怨说：“还要涨呀。”

邱疤瘌没好气地说：“靠啥打仗哩？刁民。”一连三个去去去，将他撵了出来。

李肖英蹲在墙根等待着。旁边一个捏糖人的在吹一只公鸡。捏糖人的将一撮糖稀放在手中，两只手灵巧地上下翻飞，手指捏动着，几下就弄出个公鸡模样，然后用一管竹棒插进鸡肚下对着嘴一吹，一只肥胖的看上去脆嘣嘣的大公鸡便活了起来，就差没咯咯咯叫出声了。捏糖人的又将公鸡的尾巴摆置了一下，顺手给了旁边一个大人领着的小娃。

李崇良出来蹲在李肖英身旁，悄声说：“大哥，人在呢”

李肖英说：“认准了？”

李崇良说：“没错。咋整？”

李肖英看看天：“说，肚饥了。”

李崇良说：“我带铜钱了，请大哥喝羊汤泡麻花去。”

第五章

打发李肖英走后，宋宝奎心里一直惦记着，太阳压山时，那种不安就如发酵的面团一样起堆了。他一会儿跑到院子里，一会儿又回到屋里。他媳妇说他，你屁股上长刺啦，坐不安然？他说：“你去肖英家看看肖英回来了没。”媳妇知道他们干着事呢，就说：“噢。”出门走了。

宝奎家的进了肖英家，见肖英媳妇正端了一碗拌好的玉米面糊糊往锅里倒，倒完了，又拿水冲了碗里的剩糊糊，就问：“肖英兄弟还没回来？”肖英家的放下碗说：“还没回来呢，也不知干啥去了，我还不是心急。”宝奎家的回来说了，让宝奎心里如堵了一团棉花，又沉闷、又着急，草草吃过晚饭，见天暗下来，就悄悄上了街，往村东门口走去。

天完全黑了，月牙却如一个少女怕见黑，躲着迟迟不肯出来。宋宝奎站在东门外的官道朝东边张望，望到的是一片黑黢黢高低不齐的田地。官道有些发灰，如一条游动了一天的蟒蛇卧在地上歇息。满眼里不见人影，宋宝奎心想咋回事，让他俩去打探消息，不管有冇消息这天都黑了也该回来呀。区公所那里驻扎着一个警备队，不会是出啥事了吧？他是县武工队四区分队队长，要出了啥事那可都在自己头上兜着哩。李肖英做事他放心，这人有勇有谋，办事倒是牢靠，可李崇良是个毛头小伙子，虽说干啥心劲高，是个好苗苗，可毕竟是第一次执行任务，这娃又有些二杆子，一旦有个闪失那可就吃不了兜着走了。心里没底的等待，更让人烦躁，而烦躁又生出许多担忧。干脆去找他们吧。宋宝奎想着就迈步朝东边走，可跑了一截又站住了。他们要是不打官道上回来呢？那不是裤裆里放屁，跑两岔里了吗。对了，他们是不是回到李崇良家里了呢？不行回村里看看。想着又反身往村里走去。他知道夜里李肇玉家的大门是很难敲开的，就去了场院那边。他抓住门上的钉锦磕了两下，门很快就开了。二锁说：“你们可回来啦，刚才掌柜的还问呢。”宋宝奎听出了意思，就说：“我没去，我也是来找的。”二锁说：“咋回事，都这个时候了。”宋宝奎转身说：“那我再去村外看看。”二锁说：“俺也跟你去吧。”

宋宝奎说:“你要没事就走。”两人便来到村外。一会儿看看官道,一会儿又瞅瞅去东沟的那条小路,只是不见人影。

月牙都着急了,终于羞怯地走出来,眼里投下清澈而微弱的光辉。站在地埝上不时瞭望的二锁发现了动静,伸长脖子朝前探望,回头对宝奎说:“有人过来啦。”宋宝奎跳上地埝望,也看到了一团影子在移动。宝奎说:“该是他们回来了吧,去看看。”两人就往前走,走着走着,宋宝奎就看明白了,错不了,后面跟着的那个高个儿不就是李肖英么!可是奇怪的是,前面李崇良肩上咋像是扛了一毛裢粮食呢?

“肖英!”宋宝奎低沉地喊了一声。对面走过来的李肖英愣了一愣,随即就说:“是我。”走到跟前,宋宝奎见崇良身上扛个人,大感意外,说:“这是……”

李崇良喘着气说:“是、是邱疤瘌。给你弄回来啦。”

两人从老王羊汤馆出来,一抹嘴又来到街上。李肖英朝东走,李崇良撵上来悄悄问:“大哥,接下来咋弄?”李肖英微微笑了一下,说:“看头牯去。”李崇良不解,也不敢多问,跟着就走。

集市东头的南边有个戏场子,自打日本人来了,再也没唱过戏，这里就变成了牲口市场。几根木杆上有的拴着骡马，有的拴着牛和毛驴，还有的牲口并没拴，在主家手里牵着。场地下撒满了驴粪、牛粪和骡马粪，满场里飘着一股腐酸臭味，刺鼻难闻。有牲口经纪或者是买卖双方在谈价钱，就掀起衣角，把手伸进去，在里面捏鬼起来。双方眼看着眼，心思却在手指上滑来滑去。一头被牵着的叫驴瞅见了一头皮毛顺溜的母驴，嗷嗷叫着，肚子底下就蹿出个一尺多长的黑棒槌。主家正和别人谈价钱呢，这叫驴却撒着缰绳要去找那母驴。主家急了，朝驴脖子上拍了一巴掌，骂道："尽想好事哩。一会把你卖给人家，好好去弄吧。"

李崇良觉得有趣，直愣愣地盯着看。李肖英朝他脑勺后拍了一下，说："小毬娃家懂个啥。"

李崇良嘿嘿笑了。

两人转了一圈，又返回到十字路口。李肖英看看天色，悄声对李崇良说："哪也别去了，等着邱疤瘌出来。"等天黑咱掏他老窝去。李崇良眼里闪出如刚才叫驴发情一样的亢奋。

日头如快燃尽的火球，无精打采地朝西山挪去。集市上的人大多下市了，没回的也正在收摊。一阵冷风吹来，满地的葱皮苇叶纸屑以及尘土纷纷顺了街道朝东卷去。街上已无法溜达了，他俩就又坐回到对面老王羊汤馆里，要了两碗羊汤、六根麻花，泡上吃开了，一边吃，一边不停地瞅着北边的区公所。羊汤喝完了，可麻花还没吃完，李崇良就说："掌柜的，再添点汤儿。"跑堂的舀了一瓢羊汤，过来给他们添上。李崇良正低头吃了几口，李肖英从桌子底下踢了他一脚，他顺了窗子往外一瞅，哎呀，邱疤瘌出来了！他赶忙从衣兜里掏出一吊钱，"啪"地往桌子上一拍说："掌柜的，结账！"他结着账，李肖英瞅着外面，只见邱疤瘌穿着一袭青布长衫，戴顶毡帽，围了条围脖，那围脖折叠得很周正，从脸上绕过去，把那条疤瘌遮住又从脖子后绕过来搭在胸前。等邱疤瘌走过去，李肖英一使眼色，两人出了羊汤馆，远远地跟在邱疤瘌身后。

出村朝西，黄风迎面扑来，邱疤瘌袖着手，低着头，步子明显加快了。

一群麻雀唧唧鸣叫着如走向末日一样朝西唐村飞去。西唐村已在眼前。村子的上空飘浮着缕缕青烟，在落日的余晖中升腾着、融合着，慢慢散得不见踪影。村头的一棵楸树上，一只乌鸦"哇哇"地发出瘆人的叫声。眼看邱疤瘌进村了，李肖英指着村外的一座破庙说："我在这里等着，你看他住哪。"李崇良点点头，将身上的褡裢往下一拽，随手递给李肖英，将头上的毡帽往下一拉，尾随着邱疤瘌进村了。

也就拉泡屎的工夫，李崇良回到破庙里。说是庙，也就是一间屋子，土筑的墙壁泥皮脱落了许多，正中杵着一座昏暗中难辨面目的泥胎塑像，像前的供台上残存着一些烧过的纸灰。屋外的廊檐下挂着一张蜘蛛网，透着丝丝银光。李肖英站在门槛内，见李崇良回来了，就问："摸清啦？"李崇良说："嗯。"李肖英说："等着吧。"两人便将手拱进袖筒里，坐在门槛上数天上的星星。

快一个时辰了吧，村子完全被黑暗和寂静淹没了。李肖英说："差不多了，走。"李崇良站起来就走，头前带路，七拐八拐来到了一座破旧的砖门楼前。李肖英轻轻推了下院门，里边插着，从门缝往里看，一面照壁遮挡着啥也看不见。李崇良指指西边的矮墙，李肖英做了个开门的姿势，李崇良便绕过去，手一探爬上墙头，往里瞅了瞅，腿一搭进去了。门被打开一条缝，李肖英闪身进去，又顺手将门闭上。这原是一座四合院，但东房、西房和南房都已拆掉，只剩下三间北房孤孤地矗立着。东间屋里亮着油灯。

他俩如老鼠般蹑手蹑脚地弯腰走到窗下蹲了。就听里边一个女人说："都三个月了，总算你有了后。"

丘疤瘌嘻嘻笑着说："那娘子可要保重风体呦。过年麦下给我生个龙子。”

“唉——”女人长叹了一口气。

“咋啦？”邱疤瘌问。

女人说：“自从王三喜被点了天灯，我是天天做噩梦。唉，都是你惹的……”

“快别瞎说。叫人……”

屋里随后沉默了。

李肖英用手指沾了些唾沫，在窗户麻纸上轻轻一戳，显出一个小窟窿。窟窿里的女人穿了红花棉袄盘腿坐在炕头，一手拿着针线，纳着鞋底。邱疤瘌上身披着袄，下身钻在被窝里，趴在女人身边，一只手伸进了女人的袄里，摸着女人的肚子。

丘疤瘌说：“别纳了，睡吧。等我高升了，你要啥我给你买啥。”

女人用鼻子哼了一声：“指望你？怕是日头从西边出来了。”

邱疤瘌说：“咱这回为日本人立了一大功，还愁不会高升？”

女人说：“日本人能把你升了？”

邱疤瘌说：“这你就不懂了。你不看现在阎老西和日本人眉来眼去的不说这个了，快睡吧。”说着就去解女人的扣袢。

女人说：“看你瘦得跟猴一样，干这可能行。”

邱疤瘌嘿嘿笑着说：“你没听说么，一天吃上一头牛，搁不住夜里尿一股。”

李肖英转开视线蹲下，就听见那女人浪浪地哼唧起来……

畜生！李肖英心下暗骂一句，朝糊里糊涂的李崇良一摆头，两人退到了照壁后。李崇良悄声问：“那女人咋哼唧呢？”李肖英捂了他的嘴，伏在他耳朵上说：“想办法把邱疤瘌引出来，弄走。”李崇良四下里察看，就在门轴旁摸起了一块半截砖朝院子里扔去。“咚”的一声，划过沉寂的院子钻进了那个销魂的窗户。他们大气不敢出，瞪着眼，如猎人等待猎物的出现。两袋烟的工夫，“吱”的一声北屋门开了条缝，邱疤瘌像老鼠一样探出头左看右看，末了，又趿着鞋，两手拢着未系扣子的袄襟走向门口。刚走到照壁侧，李崇良手举砖头一个鹞子扑身朝他头上盖了下去。李肖英趁邱疤瘌还没倒地，已经扛在了肩头。两人如风一样刮了出去……

在宋宝奎家的南房里，邱疤瘌被放到土炕上。宋宝奎拿瓢舀了水，说：“把他扶起来。”然后就喝了一口冰凉的水，噗的喷在邱疤瘌脸上。可是邱疤瘌并没醒过来，李肖英就着油灯往他脸上看，就见沿了那条毛虫般的伤疤往下淌血。心中一惊，遂将手指放到邱疤瘌鼻孔处，对宝奎说，没死。宋宝奎对着那张脸噗地又喷了一口水。邱疤瘌的上眼皮眨了眨，似是从睡梦中游离出来，张开的眼里目光迷乱，惊恐地看着眼前的几个陌生人。

他说：“这、这、这是啥地方？”

宋宝奎盯着那张驴脸说：“你是邱学仁？”

邱疤瘌迷迷糊糊地说：“是。你们是……”

宋宝奎说：“王三喜是不是你告的密？”

邱疤瘌的魂儿这时才回到了体内，他一下子从炕上出溜下来，扑通跪在地上，慌忙说：“不不不！不是我。”

李肖英上来揪住他的头发，说：“我们早知道你的底细，再不说我掐死你。”

邱疤瘌捣蒜般地磕头：“都是小的一时糊涂啊……大爷饶命……”

宋宝奎接着问：“你咋知道王三喜的？”

邱疤瘌说：“我们两家住得近，我早就怀疑他……那天黑过，我见有两个人去他家，就悄悄翻墙进去偷听他们说话……哎呀大爷饶命啊……”

宋宝奎说：“你向谁告的密？”

邱疤瘌说：“是我直接报告给皇军的……不，是日本人，不，是鬼子。”

事情已了然。宋宝奎说："那我送你回家。"回头给李肖英递了个眼色，李肖英挥拳朝邱疤瘌太阳穴击去，邱疤瘌如一摊软泥倒在地上。宋宝奎从炕洞里取出一把大刀，递给了李崇良。李崇良没见过这阵势，正惊愣间，见宝奎给他大刀，忙接了问："这就砍了？"宋宝奎说，弄出去。李肖英提起邱疤瘌往自己肩上一撂，出门去了。

两人来到村北门口外一口枯井旁，李肖英把邱疤瘌往下一掼，用袖子抹了一把额头。李崇良将大刀递过来，可是李肖英没有接。他说，你来吧。李崇良往四野顾盼，不远处的一棵榆树的枯叶在寒风中发抖，树枝被吹得哨子似的呜呜响。葫芦岭下的坟堆上似有磷光飘移。低头看看邱疤瘌，蜷伏的身子蠕动了一下。李崇良感觉头发根奓起来，提刀的右手也有些颤抖。他又去看李肖英，像是说："真要我来？"李肖英那比月明要锋利得多的目光逼过来："你不敢？"李崇良深吸了一口气说："敢！"李肖英将邱疤瘌提起来，摁到了井边。李崇良双手将刀握紧，牙一咬挥了下去。刀光在月明中一闪，"咔嚓"一声闷响，顺着李崇良的胳膊传到耳朵里炸响。他眼前即刻扬起一串血滴子缀成的暗红色的美丽弧线，在凄清的夜空飞舞。

李肖英说："这事练人"

第六章

李肖英兄弟姊妹三人，上边一个姐姐，下边一个弟弟。前两年二战区征兵，说是一家里有两个男丁的必须去一个当兵，当时李肖英已成家，他爹拉扯着一家人光景过得紧巴巴，就让弟弟李肖雄去当兵，说是在外也能混口饭吃。李肖雄和本村的吴其贵一同被分到本县四区保安队，两年后就当上了小队长。前一段他回家里来，李肖英就过去找他说话："对他说，日本人快完蛋了，阎老西和国民党也成不了气候，只有共产党才是咱老百姓的靠山。又说了眼下武工队急需要壮大力量，让他看看能不能拉出一些人马。"李肖雄平时就听他哥的，这回他哥给他把道理一讲，他就说："哥，我在那里头也就是支差哩。你这么说，我心里就清亮了。我想想办法，拉出人马以后跟你干。"李肖英说："好。"

李肖雄回到保安队，先约了吴其贵去喝羊汤。到了老王羊汤馆，找了个僻静的地方坐下，李肖雄就跟他说起往外拉人马的事。吴其贵的小老鼠眼扑闪扑闪了半天，却拿不定主意，反问他：“你说能行吗？”李肖雄说：“咋不行呀。你要不干，到时候共产党成事了，怕饶不了你。那时可别怪我没劝过你。”吴其贵摸摸脑瓜子，老鼠眼又扑闪了两下说：“你说能行咱就干。反正咱现在干的这差事，老百姓不说好，又受日本人的屈，真是老鼠钻到风箱里，两头受气。”李肖雄说：“那咱就分头联络人，一定要可靠，别出岔子，等联络好了再碰头。”两人喝过羊汤，分别各回小队去了。

快过年的时候，李肖雄又回了一趟李家庄。见到宋宝奎和李肖英，就商量说：“我和吴其贵联络了七八个人，趁腊月二十三过小年，夜里举事，你们在外头接应。”随后又定好了具体的接头地点和接头暗号，李肖雄归队了。

李肇玉拿出平时不多用的纸墨笔砚，铺排到八仙桌上。李崇良站在旁边帮着磨墨，手里抓住墨棒在砚台里转圈，砚台里的水水就越磨越黑，越转越稠了。李肇玉裁好红纸，拿起在青花瓷缸里泡过的毛笔，从砚台里蘸饱了墨汁，对着铺展的红纸端详了一会，下笔写了上联："上天言好事"。李崇良拿过放到脚地上，过来又见他爹写了下联："下界降吉祥"。他爹说，这是给灶王爷写的。接着蘸蘸墨，又写了一副："土能生白玉，地可出黄金"。他爹说，这是给土地爷写的。李崇良又平端了放在脚地。李肇玉手里拿着笔，看着地上的字，有点犹豫地说："不如把过年的对联一起写了吧。"李崇良说："爹，写一回了，都写了吧。"李肇玉就放下毛笔，准备裁红纸。这时候廉兴奎家的二小子廉老二进来了。这几年一到种庄稼或者收庄稼的时候，李肇玉就找廉兴奎过来帮忙干活，廉兴奎就带着他家的大小子和这二小子一起过来干活，是老帮工了。李肇玉就说："老二呀，快过年了，你家准备得咋样啦？"

廉老二说："准备着哩，后天就扫刮了。大伯，我爹说推磨呢，看看能不能使唤一下你家的头牯。"

李肇玉说："行呀。三良，去给二锁说，看骡子喂好了没，让老二牵上。"

李崇良噢着，和廉老二厮跟着去场院了。过圆门时，廉老二悄悄对李崇良说："宝奎大哥让给你说，明晚吃过饭到东沟集合。"李崇良有些惊讶，问："你也干开啦？"廉老二点点头。他又问："是啥行动？"廉老二说："我也不知道。"末了，廉老二又说："宝奎还说，让早点去，带上一块蒙脸的黑布。"李崇良说："知道啦。"胳膊搭在廉老二肩上就过场院去了。

第二天晚上，李崇良放下碗就回到南院自己屋里，换上黑布棉衣裳，腰里系了皮带，又从柜子里拿出大刀插在背后，溜出了门。村外的地里黢黑一片，如泼了墨一般。李崇良沿着田间地埂很快就到了东沟塄上。他左右瞅瞅不见一个人影，猜想是自己来早了，还是人家在沟底集合呢。正愣怔间，上埝地里飞下一个人影，一下就到了眼前。他一惊伸手就拔背后的大刀，还没拔出来，已看清面前的人是宋宝奎。

"大哥，你吓我一跳。"他说。

宝奎说："我看你反应咋样。"

他嘿嘿笑了，问："今儿黑过干啥去？"

宝奎说："李肖雄和吴其贵往外拉人，咱去接应。"

"哦，他不是在……"李崇良说："我知道啦。"心下就想，这李肖雄还成孙悟空了，钻进铁扇公主肚子里啦。他往宋宝奎腰里看，就看到了一把盒子枪，说："大哥，啥时候也给我弄个这家伙就好了。"

宝奎说："好好干，会有的，将来咱还要弄大炮哩。"

李崇良眼里像狼一样闪着贪婪的绿光，就说："那真枪真炮地干，才带劲呢。”

又两个黑影过来了，是李肖英和廉老二。李肖英腰里别把盒子枪，廉老二手里提着一把刀。打过招呼，宋宝奎说：“走。”他们就下了东沟，顺着向东南的沟岔一溜快步走去。

沟里没有路，他们就一会儿踩过空地一会儿踩过麦田，深深浅浅磕磕绊绊着往前走。天上没有月，稀疏的星星在挤眉弄眼。麦田里散发出淡淡的甜腥味。出了沟，走了一段官道，又拐上了一条岔道。

约莫半个时辰，他们来到了唐村东门口。村里有狗叫，“汪”汪几声，停了，过一会儿又叫，像是例行公事。宋宝奎探头朝村街上瞅瞅，回头对几个人说：“老二你留在这，看着外面。我们几个去里面接应。要有情况，赶快来说。”廉老二说：“知道了。”宋宝奎从腰里拔出盒子枪，带头朝北拐进一条胡同。那胡同很长，快到头的时候，听见谁家的娃娃在哭，随后像是被捂到奶头上了，变成了细嫩的嘤嘤声。穿过这条胡同，在一条南北巷里朝北走了几步，又拐进朝西的一条胡同。老远就瞅见一座高墙大院。他们放慢了脚步，隔着一条巷子在一筑土墙后边蹲下来。宋宝奎对这一带很熟悉，和李肖雄商定了举事后，他又来察看过一次，约好就在这里接头。这里离保安队只隔着一条巷，如果事情顺利，他们就从这里带人出村，直接去东山。

约定是在半夜时分。宋宝奎看看天，见出来半个月亮，月亮的周边一片黄晕，他觉得还有些早。这次李肖雄要能拉出人马来，咱武工队一下就能增加七八个人、七八条枪，薛政委一定很高兴。事先，他和薛政委已经通过气，说了这个事，薛政委要他一定小心，千万不能出事。他也再三叮嘱过李肖雄。李肖雄虽比不上他哥哥那么有勇有谋，却也是条好汉，干啥实诚，也有个狠劲儿，想也不会出啥乱子。这次要弄成了，也算是武工队在四区的一大战果。这样想着，宋宝奎的心头就有些喜悦，但更有了不安。不安和喜悦交杂着，让他心神不定。

寒冬腊月的夜里，滴水成冰。刚才跑得浑身发汗，现在蹲下来，浑身冻得透凉，如贴了冰块一样。李崇良听见自己的牙齿上下磕碰得咯咯作响，手里原先提着刀，现在刀把也变得冰冷了他看看宝奎和肖英，都把盒子枪别腰里了，他也把大刀插回到背上，将两手拱进了袖筒里。

宋宝奎不时探头朝外张望，但每次看到的都是空空的巷子。他又仰脸望望天，月明精神很好，如点燃的灯盏，越着越亮，而星星却有些昏昏欲睡了

“咪唔”一巷子那头传来一声猫叫

三个人几乎同时站立起来，就见一个黑影贴着墙根朝这边走来。

宋宝奎用手握了个喇叭筒放在嘴上，“咪唔”回了一声。

黑影迅速跑过来。一看那瘦削高挑的身形便知是吴其贵。他一到跟前，李肖英一把将他拉到墙后，宋宝奎就问：“咋着哩？”吴其贵有些紧张，低声却是急促地说：“不好啦大哥，肖雄那边正要行动，不知咋就被队长孙三发觉啦。”宝奎问：“那人呢？”吴其贵说：“孙三把他弄到后院正审问呢。”宋宝奎一听头轰地一下涨起来，但很快他就拿稳住，问：“你的人呢？吴其贵说，我这边没事，现在站岗的都是咱的人。”宋宝奎用征询的目光看李肖英，李肖英还没搭话，李崇良就插嘴说：“那就冲进去把肖雄抢出来。”李肖英说：“只得这样了，不然后果……”宋宝奎说：“蒙脸。”大家都掏出黑布将脸蒙住，黑布上有两只眼洞。宋宝奎拔出盒子枪说：“走！”又对吴其贵说：“把你的人带出来。”

四人“呼”地闪出墙外，快速逼近那座大院。转弯就是门口了，吴其贵摆手让他们先在拐弯处等着，一个人头前走出去。

这是一座深宅大院。石基砖砌的高大门楼，大门外还有拴马石和上马石，表明主家往昔的富贵荣耀，而现在主人不知哪儿去了，驻扎的却是操刀弄枪的大兵们。

门口一边站着一个岗哨，吴其贵对岗哨悄悄说了几句话，回头朝他们一摆手，宋宝奎他们就一跃来到门口。吴其贵带他们进了内巷，直奔后院。

后院门口还有一个岗哨，吴其贵给他嘀咕了一句，那哨兵提枪朝大门口跑去。一脚踏进后院，让吴其贵没想到的是，北房门口又加了两个护卫，站在台阶上，将长枪抱在怀里，正跺着脚。想退出去已经来不及了，李肖英人高腿长，一个箭步跳上台阶，用枪抵住了一个护兵的脑瓜。另一个护兵还没来得及端好枪，李崇良的大刀已经架在了他脖子上。吴其贵缴过他们的枪，宋宝奎已推门进了北房，李崇良也转身跟进。

堂屋东间隔开个卧房，外面的两间通着，点着两根蜡烛，一片亮堂，炉膛里的炭火烧得正旺。李肖雄两条胳膊被反绑在堂屋中间的一把椅子上。保安队队长孙三手里拿着马鞭在李肖雄脸前逼供，队副王保站在他的身旁进行着胁迫。一见有人进来，孙三立马想去桌子上拿枪，宋宝奎举枪对他沉喝一声："别动！"李崇良跨前一步将桌子上的枪拿在手里。王保还想反抗，李崇良一脚踹过去，踹得他摇摇晃晃靠到后墙壁上，还未站稳，李崇良的大刀片子已经横在他的脸前。几乎同时，李崇良将手里的枪插进皮带里，又下了王保的盒子枪。

“快救人！”宋宝奎用枪指着孙三，对李崇良说

李崇良过来挥刀从椅子靠背上往下一划，绳子便如被斩断的盘曲的蚯蚓一样，疲疲沓沓脱落下来。李肖雄站起来，看着孙三说：“孙队长，对不住了。”

孙三瞪着眼看着两个蒙脸大汉，不知是八路还是土匪，呆呆地立着，不敢造次。

宋宝奎对孙三说，待着别动。留着你的命，咱后会有期。又一摆头说：“走！”李崇良和李肖雄就往外走，宋宝奎举着枪往外退。门外的李肖英见肖雄出来，拉上就走。宋宝奎退到台阶下，推了李崇良一把，说：“快跑！”

几个人如一股旋风涌出大门，连岗哨也拉跑了。

这时，才听到大院里咋咋呼呼乱作一团。

第七章

那孙三毕竟不是省油的灯，不到一袋烟工夫，他的人就被抢走啦，连他和队副的枪也被撸走了，谁这么厉害，敢在太岁头上动土？好歹老子也有几十条枪，这枪不是料棍，也不是吃素的。可就是有人跑到老子窝里打劫了，这还了得？谁干的？肯定不是日本人。咱是二战区阎老西的部队，和日本人是井水不犯河水；也肯定不是土匪，北山上的土匪黑老六不会这么远来招惹咱们，也没有理由来救李肖雄。那就是土八路了。八路是躲在东山打游击的，难道下山了？对了，他那个小队的李四报告说，李肖雄说共产党的好呢，有可能要拉人。可是这小子就是不承认，审问了半天也没问出个屁来……看来就是和八路有关了。走，去李家庄掏他老窝去。不搞点名堂咋给上头交代。

第二天，太阳刚上两竿高，孙三就带着二十几个保安队员开进了李家庄，对李肖雄和吴其贵家里开始大搜查。这两家都正在扫刮呢，屋里的东西都搬到了院里，横三顺四地摆了一片，保安队一来，那些个摆在院里的坛坛罐罐就倒了大霉，脚踢手扒拉，里面的米面摊了一地，鸡蛋打了，油葫芦翻了。孙三揪住李肖雄他爹说："你儿子跑哪里去了？"李肖雄他爹说："不是在你队上么，我咋知道？"孙三"嘭"地一拳打在李肖雄爹的鼻梁凹里，鼻孔立马冒出了血。李肖雄爹用袖子抹着鼻血说："你打我我也不知道，反正从那次走了，再没回来过。"孙三也没啥好法子，临走时叫人逮走了两只公鸡。吴其贵家里遭受了同样的厄运。吴其贵他爹也被王保打得鼻青脸肿。

又过了一天，宋宝奎带着几个人回村了。听说了李肖雄和吴其贵家里被打砸的事，都很气愤。骂了一顿，李肖英说："也值，就当是用这些家当换了人和枪。"李崇良回家好好睡了一觉，一下睡到第二天早饭时才醒，醒了又不想起炕，就在被窝里想着两家被砸的事。眼看到年根了，家里却被扫荡了，这年咋过呢？不如给爹说一声，接济他们些个。这样想着就起了炕，洗过脸，见他爹拿着笤帚在院里扫地，就殷勤地说："爹，我扫。"说着从爹手里夺过笤帚。他爹刚要转身进屋，他又说："爹，我给你说个事。”李肇玉说：“啥事？”他就给爹说了李肖雄和吴其贵两家子被祸害的事。李肇玉两手叉着腰，仰脸看天，没有说话。他说：“爹，两家子被砸的砸了，抢的抢了，都没法过年了，你看是不是咱家帮衬他们些？”李肇玉说，咋帮衬？李崇良停了手，直起腰说：“要不给送点粮食吧。”李肇玉说：“送点粮食就能过了年？”李崇良瞪起眼看他爹，不知道他爹是啥意思。李肇玉挪了几步，说：“你知道帮衬人了，也该明白为人一条路。这样吧，从家里拿出十吊钱，一家送上五吊，先让过年用。”李崇良一算，小钱一百一吊，大钱五十一吊，四吊折一两银子，五吊就是一两二钱半了，过个年也够了。有了钱缺啥买啥，比单单送些粮食好多了，还是爹想得周全。他算计的时候，李肇玉背起手回屋了。李崇良随后拿起笤帚弯下腰，像画画一样草草扫完了院子，跟他爹要了钱，就去送了。两家人接过铜钱，都不住地道谢，对李崇良说：“你爹可是个大善人呀。”

虽说日本人就驻扎在村外，可还是挡不住村人忙活过年的劲儿。男人们出猪粪、垫圈，掏茅粪，拾掇院子，还帮着烧锅锅蒸馍，大多干些粗重脏活儿。女人们白天做吃的，做了人吃的，还要蒸枣山给神做吃的，到了晚上，就着灯盏做些针凿活儿，纳鞋底缝鞋帮，做衣服，补袜子，浆洗衣裳……许多女人做着活儿，却累得头跟鸡啄米一样不时点下去，干着干着，瞌睡虫来了，手就停下，打起了瞌睡。连日里，各家迎灶王爷，蒸枣糕献食，给窗户上糊了麻纸又贴上窗花。除夕那天，由樊先生写的对联都贴到门上，喜庆气一下子就浓了。一到大年初一，啥活儿都停当了，一大早天还黑咕隆咚，人们就起了炕，女人家搭锅煮饺子，男人们在院里摆好供桌，放好献食，又将刚捞出的第一碗饺子端到供桌上，烧香磕头从天上往回接灶王爷。接完灶王爷吃过饺子，族里的晚辈们就聚集起来开始给长辈拜年。拜完年就说玩耍了。家底殷实些或有好赌的，就凑些人去打麻将、推牌九。到初二，人们就开始走亲戚，先走姥娘家，再去丈人家，由亲到疏，一家一家挨着跑。

可是李崇良没地方去。去姥娘家吧，姥娘一家被日本人满门给灭了，连村子也没了；去丈人家吧，媳妇没娶，还不知道丈人家在哪呢。想去西院二哥家里转转，过去一看也是铁将军把门，二哥赶上毛驴带着二嫂和小侄儿去他丈人家了。没趣，他只好又回到自己屋里，拿出线装的《三国演义》躺在炕上看。

天快黑的时候，他觉得大过年的实在憋屈，就拿着一挂鞭和几个二踢脚，叫上小翠，到街门口放，噼噼啪啪放了一通，他觉得像打仗一样热闹。随后他问小翠，家里有啥能拿出手的吃的？

小翠说：“有麻花，还有麻糖馓子。”他说：“你给我包上一包。”小翠说：“你吃就是了，包一包干啥？”他说：“我去宝奎大哥家转一圈，大过年的，空手不好看。”小翠就回屋找了块草纸给他包了一包。

宋宝奎家在村中陂池的北边，面朝陂池。陂池里已经冻了一拃厚的冰。当他走到陂池南边往北拐时，瞅见宝奎正往外送客人。那客人胖乎乎的，从陂池北边往西走了，走了几步，又回头说：“兄弟有啥事请吭声啊。”宝奎说：“少不了麻烦你。”那客人就拐弯去了。

宝奎正要转身进门，撇见李崇良来了，就说：“崇良过来啦，进屋里说话。”

李崇良指着刚才那人走的方向说：“那是谁呀？”

宝奎说：“那是李大头呀。你不认识？”

李崇良想不起李大头是哪个。两人进了院门，宝奎把门闩了。走进北屋，李崇良将手里提的一包吃的给了宝奎媳妇，说：“嫂子，带了点吃的，给侄儿吃吧。”宝奎媳妇说：“兄弟还这么客气。”便顺手接过了。

说了些过年的客气话。李崇良又想起刚才那个客人，就问：“李大头是谁家的？我咋就不认识呢。”宋宝奎说：“李大头叫李汉程，就是李汉章的弟弟。他和我是同岁，小时候吃过我驰的奶，眼下在扬水县保安队里干，都混到连长了。也是过年了，回来转一圈。”

李汉章他知道，也是村里的大户。按祖上说，和他李崇良也算是同宗呢。只不知是哪一代分的脉，到现在没一点黏糊劲儿了。这李汉章是村里的维持会长，支应日本人，支应二战区，支应中央军，哪家来了都点头哈腰，打发了事，倒也会周旋。他的太太住在扬水县城，他的二房邱金花住在村里，他就经常两头跑。但是他的弟弟李汉程，比李崇良大一截，又早就不在村里，他不熟。

李崇良和宋宝奎拉呱了一阵，就说到弄枪的事了。宋宝奎说：“我正想这事哩，等过罢年，咱就弄。”

李崇良说：“要弄下得给我发一支，可别像上一次再上交了。”

宋宝奎说：“好好干，有你的。”

草仓里麦草少了。那天后晌，二锁闲着没事，心想抽这空铡点草吧，过不了几日要春播，就忙了。就要过西院去叫李崇善，刚起身，李崇良就过场院来了。一听说要铡草，李崇良就说：“那我给你按铡刀。”二锁说：“也好，你也能练练劲道。”

两人就将铡刀抬到麦秸垛旁，李崇良一提一按操着铡刀，二锁坐在马扎上往刀口里捂着草。二锁是行家，两手掐住一把麦秸，左腿半跪着顶住，一寸一寸往里塞着，不时说一声，把刀提高点。李崇良脱了棉褂，两手握住铡刀柄猛一下、猛一下往下按着，听着“咔嚓咔嚓”的响声，看到麦秸从他刀下齐刷刷地铡断，心里就有一种快感。当初砍邱疤瘌时就没有这种快感，那时心里还胆怯呢。

铡了一堆草，他胳膊有些酸麻，就说：“师父，差不多了吧”。

二锁说：“差得多呢，铡吧。”

李崇良用脚踢过铡墩上的草末，用手背抹了把脸上的汗，说：“师父你不会放长点么。咱也铡得快些。”

二锁说：“没听说吗，草要细，料要精；铡草不过寸，头牯吃了长精神。”

李崇良说：“不就是草吗，这也有讲究？”

二锁说：“干啥都有讲究。这喂头牯，草长不上膘，料粗不长劲。头牯是半份家当，你对它精心，它对你忠心。”

李崇良说：“哦。那咱歇会儿吧。”

二锁将手中最后一把草铡完，拍拍手说：“那就歇歇吧。”

两人回到屋里，二锁从墙上摘下烟袋，抽起了烟。李崇良拿瓢从缸里舀了半瓢水咕咚咕咚喝了几口。二锁说，水凉。李崇良早已喝罢了，喘着气说："师父，那个扎刀的刀法再给我说一下。"二锁说："你不是要歇吗。俺就知道你那病在哪儿。"说着站起来，从窗台上拿过一块长木条当刀比画起来。他说："刀尖向前直刺叫扎。手要用力握刀，力贯刀尖，臂要与刀成一条直线，就像这样。"说着做了个往前猛刺的姿势。二锁接着连比带画说，扎有上中下三路，上扎刀刀尖高与头放平，平扎刀刀尖高与肩膀放平，下扎刀刀尖高与膝盖放平。比画完了，将木条递给李崇良。李崇良接过木板向前做了个平刺的动作，二锁拿起烟袋杆子敲了他胳膊一下，说："用力！"李崇良咬着牙对着门帘用力一刺……

门帘一挑，宋宝奎进来了。李崇良赶忙收手，嘴上就说："大哥来啦。"忙将木条欹到炕角，让宋宝奎坐炕上。宋宝奎说："在屋里就练开啦。"二锁说："铡草哩，他要歇，歇着吧，又不安生。"李崇良嘿嘿笑着说："大哥来有啥事，你说。"宋宝奎抓起那个木条，抡起劈了两下又放回原处，对李崇良说："你不是想要枪么。"李崇良脱口而出："想呀！"宋宝奎说："那你一个人敢去扬水县城么？"李崇良说："敢！咋不敢？！"

第二天早上，太阳出来一竿子高，李崇良牵上骡子出门了。南门外官道上朝西不远有一座界楼，下面是石砌的基座，上边是砖块券成的门洞；门洞上是木制牌楼，挑檐飞角，如老鹰展翅。牌楼正中悬挂着一块木匾，上刻了“浍川西界”，是阴刻的楷书，虽被雨水弄了些漏痕，但庄重的气息依旧。门洞两边车轴高的地方剐蹭出一道豁壕，砖砌的墙壁斑斑驳驳的。

穿过门洞，李崇良一纵身跳上骡子背，两腿一磕，那骡子哒哒哒一溜小跑，蹄子刨起一溜尘土。拐过一道土坡，便望见了那座小土岗，当地人叫它秦岗。传说唐朝时秦琼带兵打仗在此驻扎过，便因此得名。几年前，鬼子的六辆军车途经秦岗，被中央军伏击，地下的地雷和天上的手榴弹一齐开花，押车的鬼子还没来得及反应，装载的弹药先反应起来，有的“啾啾”飞上了天，有的“嘭”的一声炸响喷出巨大的声浪，有的弹跳到秦岗旁边的深沟里爆炸，“啪啪”一气儿连人带车上了天，旁边死娃子沟里的兔子、狐狸、田鼠也都如到了末日，纷纷从窝里钻出来远遁了。那以后，日军为确保运输安全，就在秦岗上设了一个据点。而这据点也如一根刺扎在周围村民的肉中，叫人咋着都不舒坦。李崇良看着炮楼上的黑炮眼，心里想，老子要弄下枪弄下炮了，看不把你连锅端了。

官道的南边就是死娃子沟。听说那些生下就死的，或者是得了四六风死的娃娃，村民们就用红布或者小褥子裹住扔到这沟里。李崇良好像听他䶃说过，䶃原是给他生过一个小妹妹的，可是活了没几天，不知得了啥病就死了，褥子包了，红包袱裹了，又烧了一炷香，让王三提着送到这沟里。杂芜的沟中栖息了野狼、野狗、狐狸之类的野兽，专等吃这些死娃子。我那可怜的妹妹……李崇良不敢再往下想，朝沟里看，瞥见了一条野狗正撕咬着一块红布。那狗头飞快地抖动，红布掉落，前爪摁住了一个苍白冰冷的婴体……

吧响——

一声悦耳的枪响，那野狗就地一个扑棱，直挺挺滚在地上。

呀！李崇良吃了一惊，扭头看炮楼，就见从黑洞里伸出一杆长枪，枪口正冒着幽蓝的烟。娘的，这岗上沟下的，没一个好东西。他骂着，两脚一磕，催着骡子赶紧跑。

扬水县北城门有站岗的盘问他，他说是找李汉程的。那站岗的说，哦“是找李大头呀。去吧去吧。”

李崇良一见李汉程就明白那个站岗的为啥叫他李大头了，那活脱脱就是一个猪头安在了他粗短的脖子上，又可巧与那肥胖的身材相般配呢。那张脸就是三个蔓菁堆在一起的样子，而在蔓菁的中间点缀了一双老鼠般狡猾的小眼睛，一张厚厚的翘嘴巴，并不影响他说话的利落。他站在屋门口，问外面的李崇良“哪来的小子？”李崇良说“我是咱李家庄的，是宝奎大哥叫我找你。”李汉程小眼珠骨碌一转，说“是小老乡呀，进来吧。”他先挪过身子让开道，李崇良就进屋了。

李汉程往靠窗子的桌子后面一坐，挠挠腮帮子说：“你是谁家的？”

李崇良站着说：“我爹叫李肇玉。”

李汉程一脸的赘肉调动起来，说：“知道，知道，论起祖上，咱是一家子嘛。坐坐。”待李崇良坐到他对面，又问：“宝奎兄弟叫你来，有啥事？”

李崇良站起来，把嘴巴递过去悄声说：“他想让你弄些枪。”

枪……李汉程怔住了，站起来往窗外瞅瞅，脸上所有的赘肉都僵住了。少顷，他从桌子后面走出来，走到门口把虚掩的门关实了，边往回走，边解开脖领上的扣子，小声但急躁地说：“这个宝奎，他要枪干啥么？”

李崇良说：“打鬼子。”

“打鬼子有军队，他瞎掺和啥么？难道他干了一”他伸出手指，比了个八字。

李崇良说：“也不是啥八呀九呀的，就是不想让日本人欺辱咱么。”

李汉程突然把小眼睛盯住了李崇良，问："你是老几？"

李崇良说："老三。"

李汉程说："听说你不是在城里念书么，咋跟着宝奎跑开啦？"

李崇良说："暑假后就不念了。没意思，我也念不了那个书。"

李汉程摇摇头，像是对自己说："这世道，干啥有意思？也就杀人放火有意思，痛快！"随后，他对李崇良说："你稍坐一会儿，我出去办点事，等我回来管你吃饭。"说着从墙上拿下枪套挎在腰里，又摘下青灰大氅披上，拉开门走了。

一说吃饭，李崇良就觉得饿了。路上带的两个馍吃完了，可现在又饿了。他在屋里找水喝，心里却盼着天早点黑，李汉程快点回来，一来先填饱肚子再说，二来要能弄下枪趁夜里就回去了。

可是时间如老和尚脖子上的念珠，不管咋转都没个了。李崇良趴在桌子上快要睡着的时候，他突然听到院里喊："小六子，上饭！"他赶忙站了起来$

李汉程进来了，脱了大氅，下了枪套，挂好，就说："饿了吧兄弟。咱吃饭。"

勤务兵小六子端来饭菜，还拿了一瓶酒。菜是用碗盛着的，一碗萝卜炖羊肉，一碗炒豆腐，一个碗里放着四个长条卷卷馍。小六子将两只空碗一人面前摆一只，掂起酒瓶子咕嘟嘟每人倒了大半碗。酒倒好，小六子出去了。

李汉程拿起筷子说："兄弟，吃吃吃。这年头兵荒马乱的，啥都不顶用，只有吃到肚子里才是自个儿的。"说着端起碗喝了一大口酒。李崇良也端起碗喝了一口。随后一手拿起筷子，一手拿起馍大口大口吃起来。肚里有货了，他就动了心思，想着这李汉程咋不往枪上说呢？就试探着说："李连长，你看那枪……"李汉程的手像触到了炸弹，拿筷子的手在空中一停，制止李崇良说："陪兄弟喝酒！"他端起碗咕咚又猛喝一口，李崇良跟着呷了一口。一碗酒下肚，李汉程脸上的肥肉泛起红晕。他压低嗓音说："我说兄弟你呀，放着少爷不当，跟宝奎瞎折腾啥？"李崇良说："还不是想打鬼子。"

李汉程吃了一口肉，放下筷子说："这事不好办哪。要吃要喝我管你，就是弄个小妞给你玩玩也不是个事。可要弄枪……这可是老虎吃蚊子，没法下爪呀。上边查得紧，弄不好，我可是老寿星上吊一活够了。"

听这话，李崇良心急，就想着要弄不下枪，咱这不是脚底抹石灰，白跑啦。可他看李汉程，大口大口往两片厚嘴唇里送着馍和菜，不知咋就想起铡草时，把麦秸塞进铡刀里的情形，他甚至听见了那厚嘴唇里挤出的"嘎嚓嘎嚓"的声响。他说："大哥，你再想想办法吧。”

两碗菜，四个大卷子，一瓶酒，被他俩报销完了。李汉程说：“兄弟，饱了么？”

李崇良说：“饱了饱了。那个……”

李汉程一摆手制止了他，说：“兄弟你等着，我出去转转。”说着拉过手巾擦了嘴，又披上大氅带上枪走了。

李崇良不知道他葫芦里装的啥药，纳闷间就见勤务员小六子进来，往炉子里添上炭块，对他笑笑，又出去了。门一开一关，就从缝隙里涌进一片猜拳行令声。“三星高照两相好，六六大顺五魁首，桃园结义七巧梅，四季发财十满堂，八叶隆咚快喝酒……”李崇良心下想，这么多兵这么多枪咋不打鬼子去，却在这里喝酒。咱要有支枪多好啊。

约莫半个时辰，李汉程回来了，脱下大氅，从后腰里抽出一支形状怪异的短枪，递给李崇良说：“从枪械所弄的，凑合着用吧。”李崇良不知这是啥玩意，就问：“这是……”李汉程说：“这是撅把子。”说着拿过来，咔嚓把枪筒和枪把子弯成了两截，指着那个枪膛说：“把子弹顶到这儿就行了。”两手一对，“啪”地一下把两截又给磕上了。李崇良接过来在手里掂量着、摩挲着，像看一件稀罕物儿。

李汉程说："我小时候吃过宝奎他姆的奶，不帮点忙不行呀，可也只能帮这些了。

李崇良说："那我现在就回。"

李汉程酒意未消，就说："你这娃，回啥？跟小六子睡觉去，明儿一大早我送你出城。"

第八章

春天如一个火气很大的娃娃，来了没几天，就把大地和大地上的万物熏暖和了。可是老天就是憋着劲儿，在这青黄不接的当儿，连滴尿也不撒，干花花地晾晒着。该泛青的麦苗儿，青中带黄，蔫蔫地耷拉着叶儿，支棱不起身子。人们的心头便也如那麦苗儿，恹恹地倒伏在地上，看不出多少指望来。

去年夏天少雨，秋粮歉收了。这过罢年，喜气劲儿刚走，缺吃少喝发愁的眉头就皱上了。闹开饥荒，许多穷汉家都揭不开锅了。这不，住在李家庄村西头的石得成正熬煎哩。石得成是打小跟他爹从河南逃荒上来的，起初在村外的西崖上打了一孔窑洞，靠给大户人家打短工、佃了几亩地过活，后来又在西沟里自个儿开垦了几亩地，算是扎住了脚跟。再后来他娶媳妇时，父子俩累死累活在村中盖起了三间土房，可是他爹过世后，家里光景一直没啥起色。有时见大户人家吃香的喝辣的，他就骂，“娘拉个屄，咱就过不上那好日子！”听他叫骂的人，不知道他是骂别人呢，还是骂他自个儿。现在家里剩下了半罐绿豆、一把小米、一把白面和一盆黄面，家里几口人呢，说啥也得蒸几个窝头吃呀。可这一笼窝头吃完了，就再没啥吃的了。人家的老婆都去地里找埝荠挖野菜去了，多少也能顶些粮吃，可是自个儿老婆却是个病秧子，上不了地，只好叫闺女去。别说那野菜也不多，就是多，也不能光吃野菜呀，总得弄些粮食吃。他心里愁苦着，琢磨着咋弄哩。坐在屋门口的板凳上抽烟，就听见屋里老婆有气无力地说：“烧火吧。”

石得成朝门槛上磕巴磕巴烟锅子，往腰里一插，去西墙根抱花柴。花柴堆扎扎蓬蓬，他往外撕扯，柴堆里就冒出了棉花叶子腐烂后熏人的尘土味儿。撕扯了一堆，石得成张开两条胳膊抱起，抱到锅锅旁，又从玉米秆子堆里抽出几根拿过来做烧柴的引火。塞进锅锅后，他从口袋里掏出火镰子，将浸过硝水晒干的棉花套子衬在火炼上，用火石“咔嚓咔嚓”敲打起来，三次过后，火星子将那火引子点燃了，他赶忙放到玉米叶子底下，用嘴吹着，可是还没等叶子烧着，那火引子便灭了。石得成骂一声，接着再打火镰子，终于点着了火。玉米秆子一着，他又赶忙往锅底塞花柴，那花柴不时发出“啵啵”的爆响声。火舌舔着锅底从锅锅周边的缝隙里往外蹿。

石得成烧着锅锅，心下盘算着，大闺女早已出嫁，没啥指靠了。二闺女这年后就十五啦，也能出嫁了。可是儿子大呀，早该娶媳妇了，只是家里吃了上顿没下顿，拿啥娶？要不是就这一个宝贝疙瘩，早让他当兵去了，咋着也能混口饭吃。唉，还是给二闺女找个家吧，用闺女的彩礼给儿子娶媳妇，一个换一个。三闺女还小，在家干干活儿再说吧。

过了一会儿，锅里的水发出“滋滋”的声响。他朝屋里喊一声：“锅熬啦，搭馍！”

屋里的女人说：“稍、稍等等。”

比生娃还慢咧。石得成没好气地嘟哝一声，拍拍手，坐在一个树墩子上从腰间拔出烟袋，烟锅子伸进烟袋，用手捏弄着装锅子，装好，从锅底抽出一根柴火，点着吸起来。从哪借点粮呢？他又寻思起来。村里两个大户，一个是李肇玉，一个是李汉章，李汉章家里是不能再去了。去年春上借了他家五斗秋粮，到秋收时，要还上十斗，那个青盘颗子账呀害死人。没法，只能给人家说好话，先还上八斗，剩下的两斗让缓一缓，可那贼尿说，那两斗还要重新算颗子账，这不是驴打滚么。唉，走一步说一步吧，反正一家子人不能饿死呀。只是现在旧账没还清，咋去再借呢？硬着头皮去，怕也借不出来了。不行就去李肇玉家试试吧。咱家住西头，他家在东头，虽说不熟络，可人都说，李肇玉是个大善人，或许能借出些个。

“搭馍。”屋里的女人说。

石得成拍拍手，揭了笼盖翻过来欹到锅锅旁，进屋端了一篦子窝窝头，出来搭在锅上，没盖笼盖，又进屋端了一篦子出来搭上。他盖上笼盖，老婆就端了一只碗，碗里放着在水里浸泡的黑布条，过来贴笼盖缝了。他老婆还穿着棉裤，裤脚绑扎着，小脚走起来颤巍巍的。他往锅底添着柴火，老婆边贴着封条，边说：“他爹，就这些了，吃完就断顿了，你快想想办法呀。”

石得成没好气地说：“大活人还能拿尿憋死？车到山前必有路。我去东头李家大户借借看。”他朝院门瞅瞅，骂道：“这娃跑哪去了？也不知道替老子干点活儿。就这还想娶媳妇哩，娶他娘的蝙蝠！”

正骂着，石娃回来了。他气咻咻地说：“跑、跑、跑！跑你娘屃的能跑下粮食？要不跑还能少吃俩窝头。”

石娃顶嘴说：“在家有啥干的，你把俺窝死在家里。”

石得成说：“娘拉个屃，过来烧火！”他撂下烧火棍，用手搔搔已经花白的头发，头上的烟灰屑簌簌落下来，如一群黑蛾蝇飞下来。他扑打扑打身子，进屋翻出一条毛裢，搭在肩上走了。

他去了李肇玉家。一进上院门，他就喊道：“李大掌柜的，在家吗？”李肇玉闻声出来，一见他，就说：“哟，得成稀罕呀。”石得成拍拍肩上的毛裢，说：“掌柜的，不瞒你说，俺家里又揭不开锅啦。嘿嘿，恁看一家老小的，总不能把嘴吊起来吧……就过来向恁讨点粮了，咋着恁得给借点呀。”李肇玉指指院里的板凳说：“坐下说吧。”让了座，自己也坐了。李肇玉对石得成的为人心知肚明，你比他强他嫉恨，你不胜他他笑话，家里人口不多，却是好吃懒做，一片好嘴能煽风，两条长腿跑小路，惹下他全村都知道，遂了他到处会谝能。就说：“这青黄不接的，家家都一样了。这年头兵荒马乱的，打点粮食不容易呀。”话里流露出不想借的意思。石得成将毛裢放到地下，一脸苦相说：“大掌柜的，谁不知恁家家底厚呀，恁就是拔根汗毛也比俺腰粗。恁知道，养一家子人，都是活口，哪天不吃也不中啊。唉，这麦子咋不熟得快些，可是还有两个月，难熬呀。恁看看，多少恁给借俺点一不，咱按放青盘的规矩，恁借俺四斗，等麦子打下来，俺还恁五斗，中不？”

李肇玉知道这是个难缠的主，心想能得罪君子，不能惹下小人，就抬头将眼投向院子上空，有限的天空上飘了几片薄云，像几块纱巾往下飘落时又纠缠在一起。他望空说道：“《菜根谭》上有这么几句话：欲知稼穑之艰难，贵谷务本其道也。一日不粒，父子不能相存也。说的就是粮食重要，要把庄稼当回事。”石得成一句也没听懂，嘴里却说：“那是，那是。”

李肇玉说：“得成呀，要不这吧，我借给你两斗，也不说啥利不利的，麦子下来了，能还你就照本还了，还不了那就以后再说。”

石得成把脸往前一凑说：“还能多点吗？”

李肇玉说：“我得留点自己吃呀。”说着朝西屋叫道：“小翠！”

小翠应一声出来了。李肇玉说：“叫你二哥去，让他给你得成叔装上两斗麦子。”

石得成背着半毛裢麦子走了。刚出李家街门，嘴里就嘟囔开了：“看把恁有文化的，借点粮食还给俺背书哩。”他朝地上“呸”地吐了一口，又说：“好赖一条毛裢也给装满呀。还大善人哩，俺看也是狗眼看人低，孬种。”可他骂完一抬头，见小翠从外面往家里回，没模没样地干咳两声，也不搭话，扭头走过了。

为借粮的事，李肇玉很伤脑筋。家家过光景，都为一口饭呀。先前已经有好几家都来借过粮了。丑娃家来借不能不借，廉兴奎家来借也不能不借，这些都是给咱李家帮过工的，要紧三关还是要帮衬些个。可是石得成来借，就不乐意了。他为人不地道，种庄稼也不勤快，人哄地皮，地哄肚皮，到头来年年缺粮，光靠借粮过光景，哪成呀。可你不借他吧，都是乡里乡亲的，却弄成了死对头。圣人说，民以食为天。所以自古有能耐的人都想法置地，勤谨劳作，一代一代有了余粮就去换地，地多了就能打下更多的余粮，如滚雪球般，就有了许多地，地能生金，也就成了财主。咱老李家是经过了十几代人、历经三百年才置下这一二百亩地，要不是地多，遇着年馑还不一样挨饿吗。

这粮呀，是个宝，可也是个祸害。这兵荒马乱的年头，兵痞匪不是借粮就是抢粮，哪家你惹得起？日本人来要粮食，不给就拿刺刀抵住你胸膛。你说你是要命呀，还是要粮？没法，只得往外拿。国军也来要过粮，进村后就让财粮员敲着锣满街喊，各家各户都要捐粮，捐不出粮食就捆绑到大庙里用皮鞭抽，人硬不过皮鞭就只好交粮。二战区更是个无底洞，一有战事就催粮要款，苛捐杂税比牛毛还多。土匪更可恶，抢都不用抢，下个条子，要你给他送去。那一年北山上的土匪黑老六竟然派人绑架了小三良，给门上下条子说，让送去一车粮食。那条子如蛇蝎一样叫全家人都惊慌不安。多亏了二锁呀，骑上快马，一路撵到北山黑鹰嘴，截住那两个绑匪，救下了小三良……唉，一茬一茬的兵匪都是强梁，哪一家不给粮食都不行呀。

第二天，更麻烦的事情来了。秦岗据点的鬼子又来村里要粮，限三日之内，给送去十担粮食。村里维持会长李汉章叫伙计刘喜拿了铜锣上街敲去了。刘喜走大街穿小巷，当当当敲着锣喊：“皇军催粮了，每户交半斗，快快送到戏庙里！”当一当一可是，他喊了一遍又一遍，交粮的家户并不多。眼看到第三天了，才收了两担粮，还大多是粗粮。鬼子气急了，胡乱骂了一气，逼着李汉章去收粮。李汉章只好带着鬼子在村里转，挨家挨户吆喝着催粮。

正当午时，李崇良正在屋里擦那个撅把子，没有专用的枪油，他就从厨房弄了些棉油，用一块细软的绸布把枪擦了一遍又一遍，直擦得贼光锃亮。当时从扬水县带回来时，宋宝奎和李肖英都见过，一看是个撅把子，宝奎拿在手里掂了掂，“啪”地将撅把子掰开，又“啪”地顶上了，就觉得枪管和枪把有些摇晃，不合卯，知道是把破枪，就说：“这李大头，糊弄我哩。”李肖英说：“那不是猴嘴里夺枣么。”宝奎转脸对崇良说：“那你就凑合着用吧。”虽是把破枪，可李崇良觉得它也是枪，咋着也比大刀强呀。何况李大头还给了十发子弹，要能练好枪法，咋着还不干他几个鬼子？这么想着，他没事就在家里练准头。墙上贴着一张杨柳青年画，画上是关公横跨一匹枣红高头大马、手持一柄青龙偃月刀正在鏖战吕布。那画儿颜色浓重鲜艳，尤其关公那张脸跟红透的枣儿一样鲜亮。李崇良崇拜关公，百万军中取上将头颅如探囊取物，那是何等的威风，何等的勇猛？自从有了那个撅把子，他抽空就从枕头下拿出来摆弄，枪口瞄着正与关公打斗的吕布，不是瞄脑瓜，就是瞄胸膛，手抠着扳机，嘴里发出叭叭的响声，好像是他正在打仗呢。

“等我打死几个小鬼子，我也能当关公呢。”他时常这样想。把枪擦好，试着又瞄了几瞄，刚用红布包起来，就听见街门啪啪啪被拍得山响。他一听不对劲，谁这样敲门？拔腿就往外跑。到了街门口，从门缝往外一瞅，见是李汉章带着两个端着枪、戴个猪耳朵帽子的鬼子，他心下一惊，并没开门，转身返回来了。刚返到南院门口，他爹就过来了，悄声问他：“谁？”他说：“是李汉章带鬼子来了。”他爹说：“咋不开门？”他说：“我拿枪去，鬼子敢进来，我干了他！”他爹一惊，沉声喝道：“胡闹！这不是找死吗。”二锁也过来了，他爹就说：“快把他弄走，别惹下事。”二锁过来拉起李崇良就过场院去了。

李肇玉开了门，一见人，就打起笑脸说：“哦，是汉章兄呀。

正在屋里歇息哩，没听见敲门。你这是……”

李汉章梳着背头，穿着长袍短褂，瘦麻脸上一双贼溜溜的眼睛，见李肇玉这样问，就伸出鸡爪似的指头指指两边的日本兵说：“老弟呀，我也是没法子，皇军逼着催粮，不好收呀。”

李肇玉故作吃惊地说：“我叫二锁去交了呀！”

李汉章点着头说：“我知道，我知道，可还是难凑齐呀。那些穷鬼你扒了他的皮也交不出个三升五斗来，我是说……嘿嘿，咱这些大户不行就多摊一些，不然交不了差。”说完，又瞅瞅两边的鬼子。那两个鬼子就将明晃晃的刺刀挺上来，抵住了李肇玉的胸口。

李肇玉见状，缓了一口气说：“要不这样，我再出五斗，随后就让送过去。其他的你再想法子去。”

李汉章点点头说：“也好，也好。”对那两个鬼子摆摆手，朝东巷里走了。

李肇玉转身关上门，嘴里骂一声自个儿，作孽呀。

等二锁出去再交粮的时候，就听说了一件叫村里人都震惊的事。东巷里王三红他爹一听说鬼子来了，急忙将家里的米面藏到院南边的石磨底下，结果被鬼子搜查出来。鬼子嘴里骂道：“你的，大大地坏了！”端起枪托就捣在三红他爹的胸口上，三红他爹当场倒地。等鬼子走了，三红他虓赶快扶起他爹回屋里。他爹一声不吭，捂着胸口连气带伤还没坐到炕头，嘴里“呼哧”一声，喷出一口血来，晕倒了再没醒过来……

第九章

宋宝奎去了趟东山。三红他爹的死让他很气愤，心想咱就是一群鸡，可旁边扎着一窝狐狸，早晚是个祸害呀！他听说东山的武工队经常下山袭扰鬼子，东山根那个据点里的鬼子都被折腾得撤到县城去了。他就想着上山找薛政委，让想法把秦岗这个据点端掉，要不到了收麦时，那些野兽还不知道咋祸害村民呢。

薛政委他们驻扎在堡子村侯长贵家里。侯长贵是个很活泛的人，没念过几天书，可说起话来一套一套的，尤其爱编个顺口溜，挺逗人。一见宋宝奎从山下上来了，就笑呵呵地说——

坡儿陡，路儿弯，
上山累得你气喘。
小鬼子，真浑蛋，

把咱害得没吃穿。

抡起刀，拿起枪，

跟着薛政委打东洋，

齐动手，同心干，

打得小鬼子快完蛋！

侯长贵的老婆也是个热心人，见来了客人，赶快做饭。她做的米棋饭，米汤里煮了干豆角、山药蛋、玉米糁子，再下些棋子，用浆水一调，那个香呀，叫人吃一碗还想着下一碗，就是过了三天，那味儿还在嘴边缠着呢。

在侯长贵家的西窑洞里，宋宝奎给薛政委汇报了四区的斗争情况，说是又发展了几个地下武工队员，发展了几个党员。薛政委说："干得不错。眼下抗战已经开始反攻了，小鬼子是秋后的蚂蚱，蹦跶不了几天啦。"宝奎就说："你们将东山根那个据点的鬼子赶进县城了，能不能也把秦岗那个据点给拔掉呀。"薛政委俊朗的国字脸上沉落下一片肃严，他往起耸耸披在身上的外衣，说："眼下时机还不成熟呀。你想，一个是那个据点在县城西边，我们带队伍下山距离太长，一旦惊动了县城的鬼子就难办了。第二个是我们没有钢炮，硬要攻打据点怕是伤亡太大，而且时间一拖长，引来县城的鬼子增援，就更不好办了。”他在地上踱了两个来回，站住说：“再等一等吧。我们设法跟太岳部队取得联系，看人家能不能支援一下。秦岗据点在你们四区，你回去后，再发展当地武装，做好充分准备，争取早点拔掉这个钉子。”宋宝奎觉得薛政委说得在理，就说：“嗯，我知道了。”

宋宝奎在山上见到了李肖雄和吴其贵，将捎来的衣服给他们丢下。他俩说：“跟薛政委干，心里畅快，有干头。”宋宝奎说：“那就好好干。”宋宝奎还见识了堡子村的减租减息工作。那些大户老财都削减了穷人的租子，减免了利息，一些老财见了穷人还点头哈腰哩。他觉得这样好，这样闹下去穷苦人就翻身了。这里的百姓没有多少担惊受怕的，说话都是那么随意，睡觉也睡得踏实，宋宝奎就觉得这个天底下和咱山下那个天底下喘气都不一样呢。

那个午后，宋宝奎和西唐村的地下武工队队员王大海厮跟着一同下了山，回到家里已经是二更天了。

说话就到麦口了。开镰前，李肇玉让崇善驾上马车去唐村赶了一次集，买了几把桑叉、几把木锨、二十条毛裢，打了十把镰刀，还买了几捆熟麻。回来后，就在场院里支起纺麻绳的绞车，请来了把式廉兴奎。廉老二也跟着来了。廉兴奎吆喝着崇善、崇良、二锁、廉老二，叫他们帮着披麻、绞车、盘绳。绞车”吱呦吱呦”响着，几股麻披便拧着劲儿往一起缠着搓成了细绳，几股细绳又被绑上绞车，在吱呦吱呦的响声中，它们如麻花一样缠绕在一起，一会儿就变成一条粗绳了。用木头削个三角板，板上用烧红了的火柱钻上两个手指粗的孔，将绳头穿进边沿那个孔里，打个死结，就是一条麦绳了。几个人忙活了大半天，纺了几十条麦绳。廉兴奎吃过晚饭要走时，李肇玉说：“你拿上几条绳吧。”廉兴奎推让说：“不要了吧。我家麦子少，捆成“猪娃”（麦秆绑成的小麦个）就担回来啦。”李肇玉说：“拿上吧。用麦绳还是方便些。”廉兴奎就接过来挽成一捆扛在肩上走了。随后两三天里，廉兴奎又招呼几个人担水给李家泼了麦场，算是收拾停当了。

毒辣的太阳斜躺在西天，才稍微收起些锋芒。李肇玉带着崇善和二锁向东沟北面的葫芦岭上走去。一层一层的坡地像摞起来一样，地里的麦子被风一吹，如水纹荡过来荡过去，泛出一片金黄。这都是一年一茬的细地麦，可是遇到春上的卡脖旱，麦苗灌不好浆，麦粒也难鼓圆起来。李肇玉停在一块麦田的小路边，伸手从一根麦秆上掐下一穗麦，在手里搓了搓，用嘴一吹，将麦壳吹落，用手指拨拉着麦粒数了一下，又将两颗干瘪的黄澄澄的麦粒送到嘴里，咯嘣咯嘣咬着响，一股还带着泥土腥味的新鲜麦香味便在嘴里洇开。他目光内敛，神情僵滞了一刻，像是品完了，啐地一口吐到地上，又将目光扬到麦田里。

崇善在身后问："爹，咋样？"

李肇玉偏过身将手心的麦粒交给崇善，拍拍手，继续往岭上走。崇善又将几颗麦粒给了二锁，两人都放进嘴里咯嘣咯嘣咬起来。

李肇玉说："今年的收成比不上去年。去年一亩打四斗，今年最多能打三斗半。"

到了岭上，转过身来，满坡的麦田尽收眼底。红黄的日影斜照进麦地，将那一波一波的麦浪照得泛金流铜，起起伏伏的怪好看呢。李肇玉从腰里抽出烟袋杆子，装着烟丝说："你兴奎叔那里都说好了吧。"

崇善趋前一步说："爹，说好了。廉叔那里找了七八个人，加上丑娃兄弟俩，也够用了。"

李肇玉说："蚕老一时，麦熟一晌。明早坡上一开镰，就断不了头啦。"

二锁附和着说："是，龙口夺食哩，咱得一股劲儿弄完它。"

远处的田间土路上，还有一些人走动着察看麦子，西落的太阳照出一个个黑长的影子。

开镰就像开战，男女老少拿镰的、拿绳的、拉车的、挑担的，都上地了。一片片、一块块发黄的麦田里，到处都是忙碌的人们。男人们有的穿一件汗褂子，有的干脆将汗褂子甩在地头，光着脊梁撅屁股低头剐开了麦子。女人们穿着单衫剐麦，胸前那对肥嘟嘟的奶子如鸽子一样扑腾着。老人孩子们在剐过的麦茬地里来回跑着，抱着麦把绑成“猪娃”子，下晌的时候，有的担、有的提、有的背，将麦子弄回到村边或村内各家的麦场上。葫芦岭上，李家的麦田里算是最热闹了。九个麦客清一色脱光了汗衫，露出发白的脊梁。他们手握着镰刀，像摇扇子一样扫过来扫过去，只听镰刀嚓嚓响，长在地上的麦子便纷纷离了根儿，在麦客手中攒成了一堆又一堆。李崇良和他爹拿绳收着麦个子，半晌过去，他的手掌里就起了一片红斑，如金鱼的鱼鳞。二锁驾着一辆铁轮牛车，李崇善跟在车后，两人将麦个子装上车，再赶回到麦场里卸下。二锁是不亏力的，装车时，一手提一个麦个子，到了车跟前，手一扬，麦个子便乖乖坐在了车上。李崇善没那么大力气，两手提起，再将麦个子举过肩头，瞅准了地方扔到车上，他的脖子被麦芒扎得通红，汗衫里也钻进了麦草或者麦芒，一边走着一边往外揪着。一车装满了，李崇善和二锁用粗大的麻绳将车刹紧，在辕杆上绑了绳头。二锁喝一声“驾”！手一扬，鞭子叭地一响，骡子使起劲，四蹄踏踏蹬着，将车子拉出了麦田，向村内走去。

八分院子七分场。家家户户麦场里的麦垛都在见天长高着，几天就长成大小不一的麦垛了。

剐麦正当要紧三关的时候，却传出三天后要下雨了。这话要是村里任何一个人说的，大家都会说是瞎咧咧哩，可说这话的偏偏是樊先生，人们就不得不当一回事了。

那天樊先生路过戏庙，特别留意了大门两边的狮子头，就看见那被蹭得发亮的狮子头潮暗了。他驻了脚，趋前伸手一摸，微微有些潮气，又抬头望空，朗天白日的，就摇摇头走了。可是走着心里又犯膈应，一寻思，心下就说，是了，大旱不过五月十三，关老爷要磨刀了。他去各家的麦场上转，逢人就说，麦进场，快打粮，三天龙王要来抢。

许多家户就暂停了剐麦，将人马撤回到村内的麦场上，摊场、晒麦，吆喝起头牯，驾上沉实的碌碡开始碾场了。碌碡在扎扎蓬蓬的麦秆上“哧哗哧哗”地碾轧着，一圈一圈又一圈，脆圆的麦秆扁了，麦穗儿碎了，麦粒儿从麦苞里“噼里啪啦”地抖落，躺在了麦场上。后晌了，场碾净了，叫一声起场了！人们便操起桑叉挑开麦秸，抖落麦粒儿，将麦秸搭了麦垛，将一场还带着麦苞儿的麦粒厝成堆儿，然后抬过扇车，有人绞着，有人拿了木锨往里塞着，麦草就从扇车口里飞飘到远处，而麦粒则如从娘胎里刚生出的婴儿赤裸裸翻着个儿扑向麦堆。

二狗家的麦场上，一大家子人看着金黄的麦堆，都喜得合不拢嘴。二狗五岁的弟弟小黑用小手抓起一把麦粒就往嘴里塞，他毑赶忙过去抠了出来。二狗和他爹正搭着麦秸垛，等搭好麦秸垛就可以装麦子回家了。

一股黄风从街口打着旋儿呼呼地朝麦场上刮过来，扬起的尘土迷得人眼睁不开。二狗他毑急忙掀起偏襟袄遮盖了脸。她咋也没想到，旋风的后头藏了魔鬼，等风刮过去，她从脸上拉下衣衫，一下就傻眼了。一队日本兵端着上了明晃晃刺刀的长枪蹿进了麦场。二狗手里拿着叉把如石雕一样呆立在麦堆旁。一愣怔的工夫，几个鬼子夺过二狗他毑手里的木锨，拿起麦堆旁的毛裢，稀里哗啦开始装麦。二狗他毑这才回过神来一鬼子是要抢麦子啊！她扑上去就夺毛裢，嘴里叫喊着："你不能抢我粮呀！抢了粮我一家人可咋活呀！"上来两个鬼子将她扯到一边，往地上一摔。二狗和他爹眼里冒火，可那火却射不出来。他们知道这些鬼子啥事都能做出来，硬抗那是鸡蛋碰碌碡，还是先顾人吧。二狗赶忙过去扶他驰。二狗的妹妹和弟弟小黑也都过来了，爹悄声说：“忍着，都别动。”谁知等鬼子推上木轮车，要将几毛裢粮食拉走时，二狗他驰发疯一般扑上去，抓住车上的毛裢就往下拽，一个鬼子端起刺刀朝她手上刺去，另一个鬼子一脚将她踢翻到麦场边……

二狗和他爹都赶过来。二狗他爹见老婆手背上被划开了一道血口，殷红的鲜血往外冒着泡泡，就赶忙从麦场边上拽下几个刺蓟草，顾不上毛刺扎手，就窝在手心里揉碎，一把摁在伤口上。二狗他驰长号一声昏厥过去。等二狗驰泛醒过来，二狗他爹说：“咱、咱不要粮食啦，咱要命！”他老婆又是一声哭号：“粮食就是咱的命呀……”

李家麦场上，同样遭到鬼子的袭扰。所幸的是，麦场摊得大，刚碾完，还没来得及起场，鬼子就来了。场上的人都愣在那儿，不知所措。李肇玉欲上前搭话，却被一个鬼子一掌推开。李崇良手里握紧了叉把，旁边的二锁生怕他闹事，赶紧拉住了他胳膊，同时感觉出那条胳膊如碌碡滚动一样剧烈颤抖。鬼子围着麦场转了一圈，见没有收起的麦子，就用刺刀挑起麦秸胡乱扬了一通，叽里呱啦又到别处去了。鬼子刚一走，李崇良咬着牙说：“娘的，要有一挺机枪，看我把这些鬼子统统给扫了。”二锁说：“你可别瞎闹。”李崇善腿肚子转筋了，用单腿跳到碌碡旁，坐上去扳开了脚指头。

大家都愣怔着，不知道接下来该不该起场。李肇玉望望天说：“都回家吃饭吧，吃过饭，咱夜里起场。”

那天麦子遭抢的还有三家，这消息如一只患瘟疫的老鼠满街乱窜，让村民惊慌失措，一边是龙王要夺，一边是鬼子要抢，不知这麦子还敢不敢再打了。

宋宝奎觉得事态严重，就去找李肖英商量。李肖英说：“那就叫村民夜里碾场吧。”宋宝奎说：“那鬼子要夜里来抢呢？”李肖英挠了挠头，一跺脚说：“不行就抄家伙干！”宋宝奎说：“硬干肯定不行。要不这样，咱组织个护粮队，一到天黑就把住西边，再放上几枪，鬼子不明情况，怕是就不敢出来了。”李肖英说：“行是行，只怕咱村人数不够，又没几条家伙，真要唬不住鬼子，那就坏菜了。”宋宝奎说：“我去西唐村，让王大海弄几个人带上家伙过来。你去村里弄人。”

两人分头走开了。

第二天傍晚，当李崇良来到南门外集合时，他发现这里一下聚集起二三十号人马，丑娃、廉老二、石娃、二狗都来了，还有七八个是西唐村的人，只有王大海他见过一面，其他的人都不熟识。宋宝奎、李肖英和王大海是腰里别了短枪的，还有几个身上背着长枪，但其余的大都是拿着棍棒、叉把和大刀，一看就是土得掉渣的杂牌军。李崇良拿着那个撅把子，赖好是把短枪，就神气了不少。他特意瞥了一眼石娃，见他拿根棍子，心下就说："你那还不是个烧火棍，顶球啥用？"

杂牌队伍集合齐了，宋宝奎带着一窝蜂朝西边走去，在秦岗对面一里地远的一块高地上站下。宋宝奎说："面朝据点，都散开站成一排，亮出家伙来。"等人都站好了，他拔出二把盒子，打开机头，朝据点的上空"啪、啪"打了两枪。枪声在夜空清脆地划过，给这寂寞凉爽的夜空增添了一些惊心的动静。李崇良听见王大海低沉地说："宋宝奎这演的是一出"空城计"呀。"他手里攥着撅把子，就觉得手心有些痒痒，走到宋宝奎身边说："大哥，要不我也打一枪吧？"他举起撅把子又说："还没打过一回呢。"宋宝奎拍了他肩膀一巴掌，说："想打就打一枪。"他站下，举枪板起了机头，瞄准据点那个炮楼，"叭勾—"子弹从枪膛里飞出去，却不知落在哪儿了。枪口上，一缕幽青的烟被月明照散了。他说："是不是打准炮楼了？"李肖英在他身后说："狗屁！你连炮楼的屁股也探不着。"

第二天黑过，又演了一出“空城计”。

第三天早上，起早准备摊场的人们一抬头，发现老天被云蒙了，这才想起樊先生的话，就疑心着不敢摊场了。一会儿，“咕隆隆”滚过一声雷，人们忙慌着又去撕下麦秸将麦垛苫盖起来。

早打空心雷，不过午时雨。不一会儿，天就真的下雨了，箭杆雨籁簌下着，抽打得麦垛沙沙作响，如老鼠半夜里在房梁上走动。怕是一时半会儿剐不成麦，也碾不成场了。

趁这当儿，宋宝奎和李肖英一同上了东山。

第十章

鬼子抢粮的那天，石得成家还没有打场呢。他不是没听到三天后要下雨的话，只是家里才六七亩麦，一亩地捆上三四十个“猪娃子”，拢共也就够一场碾了，还是等剐完一起碾吧。可是剐麦好好的，石娃却去参加啥护粮队，黑过折腾一夜，第二天到地头，还没剐麦呢，先躺在麦秆上睡觉了。

这屄孩子！龙口夺食哩，恁躺下睡觉咧。正经事没恁，瞎事多恁。石得成嘴里不干不净地骂着。他瞅着孩儿那酣睡的样子，照他那脾气，早上去一脚踢到屁股上了，可是他没踢。这是他石家的独苗呀，心里还是舍不得。他手里握着一把一把还没有蒿草高的麦子，心下就说，这能打几颗麦子呀，要是还颗子账，这一家人的嘴又该吊起来啦。这穷日子啥时候是个头呀。他瞅瞅那俩撅起腚正剐麦的闺女，心下又说，闺女不算娃。咱家是人少哇，没人干活儿，这光景咋能过前去？越想心绪越烦乱，脑瓜里就翻腾起不如意的家事来。

孩儿他娘半辈子就拿生孩子累苦了，可到头来只给俺生养了一个儿，倒把自个儿弄成了个药罐子。想当初，只能娶了这个老婆。老婆是东唐村李家的大闺女，一只脚生下来就朝里勾着。就这，打小他娘还给她把那只好脚缠了，弄得两只脚一只小，一只拐，走起路来还没有人家扎高跷来得稳。可咱家穷得叮当响，还想找啥好样的，掀起尾巴是母的就中了。娶老婆干啥用？不就是做个饭、纳个鞋、压个蛋、生个孩嘛，那只脚又不碍事，就娶回了家。李家的二闺女倒是怪好，要脸蛋有脸蛋，有身腰有身腰，后来找了个女婿，嫁到城东去了。俺那个挑担子（连襟）听说在东山里打游击，这两年都没见了。唉，不说人家了。咱这老婆进了门还不赖，没几个月就怀上一个娃，谁知生娃时却是难产。胎儿先下来一只脚，老婆就咋也用不上劲儿，胎儿憋在肚里半天下不来，急得接生的柳叶婆一头大汗，问俺："你是要老婆，还是要娃？"我只能说要老婆，有了老婆还能生娃，没了老婆就是有娃，谁给养活呀。柳叶婆就捋起袖子将手伸进去，将胎儿给硬生生拽了下来。胎儿脸上憋得紫青，柳叶婆倒提起来拍打时，已经不会出声了。可看到那是个带把的男孩，俺这心里是拿刀扎呀！那个夜里，只好提着胎娃将他扔到死娃子沟里。一路上，心里却窝囊透了。我好不容易种下个苗苗，却是个死苗。唉，前头的功夫白费了，还得从头再来。可是孩他娘那个肚子却不争气，两年过去，俺给她下了不少种，可就是不出苗。恁说又不是让恁怀龙子呢，咋就不坐胎呀？为了这，宋德生笑话俺，说是你个驴毬给鼓捣坏了吧。可俺笑不出来，娶老婆几年了，却没个一男半女，俺心里苦哇。没个孩这光景过得有啥意思。究竟问题出在哪，俺也捣鼓不清亮。去找柳叶婆，柳叶婆说，实在不行先抱个孩，就像母鸡不下蛋，弄个引蛋，后边就好生养了。

也是个理。

说来也巧。那年中秋一个傍晚，宋德生从地里转悠回村，路过西门外土地庙时，听见里边有人哼哼呀呀，就进去探看，暗影里见一个头发散乱的女人躺在地上，两手抱着鼓起的肚子哎呀哎呀叫唤。宋德生问："你这是咋啦？"那女人说："俺要生了，救救俺大叔。"哎呀呀！宋德生两手一摊，为难地说："你看这事……我、我……娃呀，你等等，我给你叫人去。"他抽身出了庙门，心下说，这得去找柳叶婆了。

柳叶婆夹上她接生用的小包袱跟着宋德生就往外跑。一双小脚托着她那胖身子一摇一摆来到土地庙，进门就问："你是哪的？”那女人止了哼呀，说：“俺是河南林县的。”柳叶婆说：“你男人呢？”女人说：“俺俩一块出来逃难，谁知他命短，半路上就得病死了。”黑暗中，柳叶婆眼珠子骨碌一转，不知咋的就想到了石得成，又问：“生下这孩子是自己养活，还是送人？”那妇人哼唧一声说：“俺能活下去就谢天谢地了。婆婆，生下来你给俺孩寻条活路吧。”柳叶婆弯腰摸了摸妇人肚皮，朝门外喊道：“德生，你去叫石得成，叫他拿条褥子来拉人吧。”宋德生在门外应一声，走了。

那天黑过，石得成将那妇人接到他家，柳叶婆给接了生，产下一个闺女，算是给石家留下了引蛋。那妇人住过满月，带着对闺女的无限留恋，眼含着泪水走了，继续去讨她的饭。一年后，石得成女人生下一个闺女。宋德生跟他开玩笑说，有了引蛋就是不一样呀。石得成哭丧着脸说，可引蛋引偏了呀！咱想要个带把的，却生个屄闺女，不能顶天，不能立地，都是给别人生养哩。又一年多，生下一个男孩，石得成心头才乐开了花，逢人就说，俺也有儿啦。他那跛脚老婆也长出了一口气，像是做成了一件大事，蜡黄的脸上也有了少许的红润。这男娃成了石得成手心里的宝贝疙瘩，为了好养活，给孩取名叫石娃。老婆给孩喂奶，他凑到跟前说，咱努努劲，再生俩男孩。可是过了两年，老婆生下的又是一个闺女。石得成心中老大不乐意，也不伺候老婆了。老婆在月子里还得干活儿，不小心受了风寒，腿疼腰酸脚手憋胀，从此落下了病根，那肚子也关上了大门，再不开壶了。

石娃成了石家独一无二的根。

石得成剐了一来回麦，返回到地头，石娃醒了。石得成眉头一挑一挑瞅着他说："叫恁剐麦哩，恁却瞌睡了。恁说恁这孩老大不小了，咋不解事呢。"

石娃瞪着他爹说："俺咋不解事了？俺参加护粮队，给村里办事了，这不是出息么，咋就是不解事了？"

石得成说："恁跟着李肖英跑啥咧？那是跟日本人作对呢，恁要有个三长两短的，咱家不成绝户头啦！"

石娃脖子一拧说："人家都去哩，就俺不去？丢人不。"

"丢啥人咧？"石得成把镰刀往麦堆上一撂，边掏烟袋边说："这年头，能活命就不错啦，丢啥人？"他说着掏出火炼打燃了火引子，摁到烟锅上，猛吸一口，吐出来，又说："恁不干活，想累死恁爹呀！"

石娃犟嘴说："几亩烂地，还能把恁累死？"

石得成说："反正巡夜哩，不跟他去。还是在家安稳些。"

石娃瞥了他爹一眼，说："俺就要去。人家就是去端炮楼，俺也要去!”

石得成将烟锅里还没熄灭的烟灰磕到鞋底上。

当满地的麦田都变成了白胡子麦茬时，宋宝奎说出了一个让李家庄人听了都会蹦高高的好消息：县武工大队要攻打秦岗据点了!

可是提前知道这消息的人并不多，直到那天天将黑的时候，村里一下聚集了那么多人，人们才有了猜想。李崇良也是后晌才听李肖英通知的，说是让他做好准备，今夜要端炮楼了。李肖英走后，他就摸出了那个撅把子，擦了一遍又一遍，把剩下的九颗子弹在手里掂一掂，用一块洋布包好。他又从柜子后面抽出了大刀，悄悄拿过场院，在磨刀石上霍霍磨起来。二锁问他：“你要干啥去？”他说：“师父，今晚有好事干了。”二锁就不再问他了。

四野暮合时，六月的上弦月还迟迟不肯露头，似乎有意要为这支队伍做掩护。路边草丛中的蛐蛐扯开嗓子在哼唱。远处死娃子沟里传来一声狼嚎。一棵老榆树上站立着一只猫头鹰瞪着一双圆眼，发出两道明亮的黄光，偶尔一声吱呀的鸣叫，如预告一个末日的来临。收割后的麦茬，约莫可辨出垄行间黑幽幽的小沟，有一只兔子被人的走动吓得蹿跳开了。微微有些暖热的风拂在脸上，如女人的手在抚摩。百十来号人的队伍分了南北中三路向秦岗据点悄悄包抄过去。

李崇良是走在北路的。沿着官道走了约莫一里地，宋宝奎就带着人马从一块麦茬地斜刺里插过去了。他没想到武工队会有这么多人，更没想到队伍里除了长枪、机枪外，还有两门小钢炮。当然，也有像他这样拿着短枪的—拿短枪的一般都是头头。他这样想着，就有些得意。出发时每人分到三颗手榴弹，他插在胸前靠左肋一边的牛皮带里，将那个撅把子插在右肋一边，背后的皮带里插着那把磨得锃亮的大刀。他觉得自己是全副武装的一个大兵了。

脚下一会儿是麦茬地，一会儿是空地，走起来磕磕绊绊，快接近据点时，前边带头的宋宝奎跳下一个地埝，后面的人跟着“噗嗒噗嗒”跳下去。宋宝奎摆手让弯下腰，后边的人都弯下身子像虾儿一样朝前跑。他紧跟在不相识的一个队员身后，心里热乎乎的却又有些紧张。说咱是抗日武工队，可一年半载了，却没有和日本鬼子照面干过一回。这回要正儿八经和小鬼子干仗了，也算是像模像样抗一回日吧，说啥咱也得露他一手，叫鬼子知道他这小爷的厉害。宋宝奎在前头从一个豁口下了死娃子沟。

沟里的野兽已经嗅到了大队人马带来的杀气，连叫也不敢叫一声，“哧溜哧溜”都悄悄逃走了。只有田鼠没有逃，钻出洞外，贼眼骨碌骨碌摇动着，放出臭气熏天的屁，给同类发出强烈的讯号，又匆匆钻进洞穴，用前爪刨了土将洞口堵死。沟内一片死寂，杂草丛中依稀可见残存的包过死婴的红布片和破棉絮，偶尔有幽蓝的磷火鬼魂似的在草梢上轻盈飘动。李崇良身后的丑娃拉了他胳膊一把，李崇良抓住了丑娃的手。他觉得丑娃的手在抖动，想回头安慰一下，可他知道不能说话，就狠狠捏了一把，那只手就不再抖了。

宋宝奎趴伏在沟沿下，后边的人跟上来，都趴在那里。一抬头，就能望见黑乎乎的炮楼了。

按兵不动，等待中路人马的消息。

中路人马是由李肖英带路、薛政委亲自领队的主攻队，小钢炮就在那路人马里。过了一会儿，一个低矮的影子如一个皮球顺了沟岔从南边快速滚过来，到了跟前一伸腰，是个人。他附在宋宝奎的耳朵上说了几句，转身又如皮球般滚回去了。宋宝奎小声传话：“跟紧，上沟，别出声！”他慢慢爬上去了。后边的人脚下瓷划着，一个跟了一个如一串乌龟也爬上去了。上了沟塄，队员们分散开来贴着地皮爬向小土岗的北边，在一道地埝下散开。他们负责从北边攻打据点大门，并截断鬼子向北逃窜的后路。

李崇良抬头从地埝上一丛带刺的野枸杞的缝隙里望出去，据点东边的那个炮楼如男人粗大的阴茎勃起刺向晦暗的天空，在旷野宣示着淫威。那条官道像一根猪肠子在它脚下绕了个弯向西南拐去。对面是据点朝东的大门，木板大门紧闭着，门的上边是一个瞭望台，隐约可见两个戴着钢盔的哨兵手端长枪僵尸般站立着。高高的围墙上缠绕着蛛网般的铁丝，阴森森剪纸一般透在天幕上。他拔出撅把子，轻轻掰开，从衣袋里摸出一颗子弹顶上了膛，双手握着枪把子，瞄准大门上的一个鬼子，等待着攻击的指令。

但李崇良瞄得眼睛都发酸了，还是没有听到枪响。他揉了揉眼睛，又开始瞄。

突然，一声清脆的枪响打破了宁静中的沉闷，一时枪炮声大作，像煮粥一样响起来了。李崇良握住撅把子，一听见枪响，手指一勾扣动了扳机，心想先把那个哨兵撂倒再说，心里就喊着你去死吧。但耳边只听“吧唧”一下，撅把子却哑火了。在周围乒乒乓乓的枪炮声中，他着急地赶快掰开撅把子，要退出子弹，再换一颗，谁知那颗子弹却卡在里面退不出来。正在这时，对面大门上的机枪嘎嘎嘎扫过来，密集的子弹在地埝上哗哗哗掀起一片土花，地埝上的狗尾巴草在子弹裹挟的风里摇晃，欢快地起舞，土渣迸到人们的头上、脸上、身上，腾起一片土烟，迷得人眼睛难以睁开。一股奇耻大辱如一口恶痰堵在嗓子眼里，李崇良呸了一口，我操他娘的李大头，啥破枪！他一扬胳膊，将珍藏了多日还准备靠它立功的撅把子扔进了身后的死娃子沟。

“咣——”南边炮楼被小钢炮打中，枪眼里的机枪被打哑了。但这北边大门上的机枪还在“嘎嘎嘎”地冷笑，毒蛇一样吐着火芯子。李崇良急红了眼，却是干急没法子。他这才知道，打仗没有好家伙不行。他往两旁瞅，瞅见了石娃背靠着地埝，抱头贴在膝盖上如刺猬一样蜷缩着。又瞅见了丑娃，低着头，两手举着个手榴弹，像是举起一把香在敬神呢。再往远点瞅，那是李肖雄和吴其贵吧，手里的长枪搭在地埝上，低着头，等机枪扫过去了，瞅准机会打一枪，再拉开枪栓等待着。他心想，到底是打过仗的，不一样。自己也该显下威风了，炸他个娘的！他拔出手榴弹，将手柄里的拉线环抠出来套在小拇指上，蹲在地埝下，趁着机枪扫过去的当儿，他腾地站起，嘴里日的一声，朝大门口上头扔过去。“轰”的一声，手榴弹却在大门底下炸开了，一扇大门掉下一块木板。大门上边岗楼的机枪哑巴了。李崇良从背后拔出大刀就想朝地埝上头跳，一条腿都登上地埝了，却突然被人拽了下来。他转身一看，是丑娃，正要发火怪他，对面的机枪嘎嘎嘎又响起来，眼前又是一排土花四溅，涌到嗓子眼的火气顿时消散了。他拉住丑娃的手捏了捏，算是谢过了。好悬哪！要不是丑娃拽住他，怕是早被打成蜂窝眼了。

这小鬼子就是硬。自己那颗手榴弹明明是扔到大门上头了，咋在底下炸了呢？是被鬼子踹下去了，还是碰到大门上掉下去了？李崇良搞不清亮，可他清亮的是，他听爹说过，据点的大门是他家祖坟上的柏树做的。

“咣——当！”东南边的小钢炮又响了一声。那边的枪炮声也是一团糟，分不清哪是哪的。李崇良就想小钢炮咋不给咱这边也来两家伙呢。正想着，宋宝奎弯腰跑过来，朝着一个一个说："准备好手榴弹，一起朝大门上头扔！”说遍了，大家都准备好，看着宋宝奎将一颗手榴弹举过肩头，说声“扔！”“嗖、嗖、嗖——”手榴弹如一群蝗虫翻着跟头飞了出去，在大门前“轰轰轰”炸响。那两扇大门“噼里啪啦”被炸裂开了，大门上头的岗楼也呼里呼嚓倒塌下来，几声鬼哭狼嚎在枪炮声的间隙里传来，鬼子的机枪叫不起来了。

该冲锋了吧？李崇良手提大刀，等待宋宝奎喊一声“冲啊！”就要一跃而起冲上去。可是宋宝奎没有喊，手里握着盒子枪，头刚刚露出地埝望着据点大门里的动静。他知道那些个鬼子是死硬到底，不能让队员们去送死。薛政委已经在县城西边安排了打援队员，黑夜里鬼子轻易不敢出来。咱在这里就来个瓮中逮鳖，逮不住就把他鳖壳砸烂！果然，据点门内的平地上机枪子弹顺着大门又喷射出来，不过扫射面小了许多。宋宝奎喊，李肖雄！李肖雄弯腰跑过来。宋宝奎说：“弄几个人上去靠近墙，往里扔手榴弹。”李崇良说：“我去。”说着将手里的大刀往背上一插，从丑娃手里夺过一颗手榴弹，避过射击的死角，纵身一跳上了地埝，就地打几个滚，翻到一个低洼处，见头上没有飞弹，爬起来又往墙根跑。他的身后几个人跟上来了。可是李崇良并没有在墙根停下来，而是顺着墙根跑向了大门口。大门口是鬼子扫射出来的一道火网，宋宝奎一看危险，就大喊：“李崇良别跑！”可是李崇良好像没听见，到了大门口，将两颗手榴弹握在右手里，左手一拉线，右胳膊一扬，甩了进去。一声巨响之后，到了墙根的李肖雄他们也将手榴弹从墙头扔了进去，又是几声炸响，里面没了动静……

浓浓的刺鼻的硝烟从大门里散发出来。李崇良觉得这才是打仗的味道。

东边、南边的枪炮声也稀拉下来。不知何时，一只小船样的月牙在云间游荡出来，将不太清亮的月明照在大地上，照在已成废墟的据点周围。

冲啊！东南边的队员向据点冲去。宋宝奎挥起盒子枪，也大喊一声，冲呀！带头向大门冲去。队员们端枪的、挥刀的紧随而上，一窝蜂冲进了大门。

大门里乱七八糟一片，木板门的碎片到处都是，沙包摊了一地，鬼子的尸首躺了一片。李崇良手提大刀从中找着活人，心下想着劈他几个鬼子。但他看到的全是死鬼。在沙袋旁，他发现了和他摔跤的那个大个子日本兵，头仰靠着沙袋，炸断的胳膊露出白森森的骨茬在晃悠。他挥刀往下一劈，那截晃悠的胳膊掉落在地上……

第十一章

拔掉萝卜地面宽。秦岗据点一拔，悬在李家庄人头上的刀拿掉了，人们紧皱的眉头松开，也敢出着大气说话了。李家庄人都说，好日子不远啦，等着吧，不知哪会儿八路军就把鬼子县城的老窝端了。

李肖英心里清亮这话不是瞎说的。宋宝奎跟薛政委走了，临走的时候，对他说，太岳部队很快要过来攻打县城，上级要咱们当地做好配合。你注意发展民兵。

李肖英懂这意思。没事就串门去摸底联络，想在李家庄拉起一支民兵队伍。这天晚饭后，他去找李崇良。在场院那边刚等了一下，李崇良赤着脊梁、肩头搭着汗衫就过来了，一见面就说："大哥，又有新任务啦？"

李肖英说："咋，你还想去攻打县城？"

李崇良说：“头儿让去，咱就打。咋不能去。”

李肖英瞥了他一眼，说：“就凭咱这些人？有多少也填进城壕里了。”

李崇良脱了鞋，往炕上一蹲，不服气地说：“他小鬼子是铜头铁身，不吃枪子儿，不吃大刀片子？”

李肖英“嘁”了一声：“咱拔个小据点还行，真要攻打县城，那可是水洗过的瓷公鸡—怕是毬毛不沾”

李崇良跐溜跳下炕，赤脚站到李肖英跟前说：“那你说县城不打啦？！”

李肖英见他瞪眼猴急的样子，心里好笑，却故意沉住气，上下打量着他说：“那你一个人去打呀。”

李崇良嘿嘿笑了。

李肖英说：“等着吧，八路大部队快过来啦，咱到时候要搞好配合。”

接着两人就说起发展民兵的事，说了十几个人，可一说到石娃，李崇良发话说：“要他干啥，打仗死不咋样。”

李肖英说：“就你能行？！现在真是用人之际，人家要愿意干，咱就收下么。”

李崇良嘿嘿一笑，不吭声了

正当李肖英四处联络人组建民兵的时候，宋宝奎回到村里，带来了一个叫人狂喜不已的好消息——

小鬼子投降啦！

如下了七七四十九天连阴雨之后，天突然放晴了，这句话像一股旋风在李家庄大街小巷滚动着。二狗他爹拉住老婆的手说："咱再也不受小鬼子的祸害了！"石得成磕巴磕巴烟锅子给宋德生说："娘拉个尿，小鬼子这下算是到头啦！"廉老二的侄子小毛揪住小鸡鸡对着墙根刺着尿，对身边的小伙伴说："小鬼子投降啦，咱以后就能吃上白馍……"

宋宝奎站在街头，两手叉着腰，看着在街巷里嬉笑说话的人们，就对身旁的李肖英说："小鬼子滚走啦，咱在戏庙里闹上一回红火，好好庆祝庆祝！"

戏庙就是关王庙，那气派可以和李家大院相媲美。北边坐北朝南是三间大殿，殿中靠墙塑了八尺高的关公像，关公站立于中，右手握着青龙偃月刀，与一般关公像不同，关公并不是红脸，而是白脸。咋是白脸？戏文里说他在河东家乡弄下事了，官府要抓他，情急之下，他"打破鼻血涂满脸"，才成了红脸的。关公站像前，又塑了刘备、关羽、张飞三人的坐像，刘备居中，关羽居左，张飞居右。又前，塑着站立的关平、周仓，各持兵器英武地护卫着。关王殿前，是建于高台之上的卷棚式献殿，前后敞开，东西山墙上立有石碑，碑上用小楷字体刻了建庙捐款人，笔画匀细娟秀。东边刻的是捐银五十两以上的，西边刻的是捐银五十两以下的。石碑发黑，碑文清晰可见。从落款的时间看，该殿建于康熙二十五年（1686）。关王殿的两旁，各有并排的两个单间，均是神殿。西边靠西的那间是土地殿，靠东的这间是财神殿，进深不大，有五六尺，两扇软门时常关着。门外廊檐下却也有五六尺的地儿。关王殿东边的两间小殿形制与西边相同，靠里的是老君殿，靠外的是娘娘殿。献殿前边是一个月台，看戏时，有头有脸的人坐在月台上，一般村民在月台下的场子里，以示有别。正对着南面的，隔了几十步的场子，是建筑别致的戏台，四角斗拱勾连，挑梁飞檐，前台与后台中间以卷棚式相接洽。戏台不到一人高，大人站在台下刚能探出个脑瓜儿。戏台前面镶着一排青石栏，青石栏上刻着一出出的戏，梨园风韵，才子佳人，活脱脱的人物以及山水竹石。青石栏被柱石夹持着，柱石上的四个方角削成八棱儿，叫八宝柱。戏台前面有两根合包粗的础柱，础柱往两边是半人高的镂空木雕栏。前台与后台中间是一扇固定的屏风，上边阳刻了一只引颈高蹈的白鹤，白鹤翅膀贴身，安静地回头看着台下。屏风上边悬挂了两块木匾，靠上的一块刻着“传奇楼”，下边一块镌了“神庭平和”。这戏台还有一别致处就是发音好，音儿传得真、走得远，晚上唱戏，角儿单凭了嗓子唱，别说本村了，就是邻村的人也能听到。这其中的奥妙就在台前的立壁上，一左一右嵌进了两个凹进去的石窝儿，粗如脑瓜大小，深如一只脚，人们都叫它回音洞。逢了唱戏，常有人把耳朵贴在洞口听，里面“嗡嗡”响，跟戏台上的差不离儿。

戏场的东边是一筑丈许的砖墙，中间是一个石条砌成的方门，石条上镌刻着云龙花纹。石门两边，左边是用木钩挂在长钉上的一块戏牌，右边挂着一根花椒木戒棍。戒棍手柄浑圆，中间带着弯儿，如一把弯刀，打人正好称手。这戒棍选用花椒木做，和私塾先生手中的花椒木戒尺是一样的理儿，打人只觉得麻糊疼痛，皮肉却并不会烂。村里倘有犯了诲淫诲盗、侵乱人伦、不孝不悌等村规的，干了些个伤风败俗之事的，被村里捉拿了来，视情用戒棍杖笞惩罚。进了东院，北面是三间厅堂，村人都知道是叫作行宫，可是谁的行宫，难道和皇帝有甚瓜葛？都说不清了。有人问过樊先生，樊先生说：“咱村和皇上没啥关系吧。关公是武圣，这行宫应该是关公的行宫。”前些年这里成了村部办公的场所，日本人来了后，除了李汉章当维持会长偶尔来这里支应差事，平时没啥人来。

戏庙是李家庄的气场，以往村里集会、正月十五闹红火，也都在这里摆场子。要说李家庄人闹红火，廉家的高跷、王家的船、李家的老虎能爬山，那在四邻三县可是出了名的。这几年因了日本人来没有闹，现在又因了日本人投降，要闹上一回了！

先是照例的游行。几个壮汉耳朵里塞了棉套子，手里举着铁铳子，一手拿着火绳，将铳子下边的捻子点燃后，急忙举起来，撇过脸，那捻子刺啦啦冒着火星如一条虫子钻进铳子，铳子就“嗵”地喷出一股浓烈的黑烟。那声音震得人耳膜打战，震得人心里发慌。火铳旁边的人，一等火铳点燃，也都呼啦啦一下躲得远远的。

火铳队的后边，是王家的旱船。王三红一脸麻子，平时做些皮货、山货生意，看不出他和这闹红火有啥关联。可他是王家旱船的嫡传，一表演起来，就像变了个人。你看他用块花头巾裹了头，扮成女相，面部施粉，脸蛋抹成粉红，抹得看不出了麻子，眼睛上又戴了个黑色“二饼子”，越发洋相了。他身穿绿绸偏襟袄，红绸裤子，钻进旱船里，肩上一条绳子拴了两边的船帮，两肘撑着，水步轻摇，腰肢扭动，倒如戏台上的旦角。他两手握着木桨，在船外比画着，脚下碎步轻移，走着蛇蜕皮的步子，那船儿便如在水波中穿行着朝前走。王家的其他兄弟也都头戴帽、脚蹬靴、腰里系了黑布腰带，手里划着桨，一副艄公打扮，前后拥着旱船走。还有几个敲锣打鼓的，敲打出疾徐有致的点儿，引导着船儿行走。船舷上罩着画有水纹的海蓝色布裙，随着船儿抖动，恰似水中的波纹荡漾。人们好久没看见过王家旱船了，在街两边拥着，嬉笑着，脸上露出像从地窖里钻出后的爽朗惊奇的神情。

街上靠后一截儿，廉家的高跷过来啦。人在高跷上朝人群里走，那便如一队鸵鸟蹚过鸡群来，忽愣愣带过一阵风。廉兴奎是踩高跷的把式，那天李肖英给他说了闹热闹的事，他从房梁上抽下高跷，拂去铜钱厚的灰尘，扯开木腿上的麻绳，两腿一蹦，屁股一抬坐上窗台，开始往腿上绑，往脚上缠。麻绳缠了一圈又一圈，腿脚活动活动再往紧里勒，直到高跷的长柄死死扣在腿侧。他站起来，噔噔噔在院子里试着走了两来回，又双腿一并，就地蹦了两个高高，单腿蹦了几下，脸上潮红起一片自信……廉兴奎打头阵，身后跟着廉家的兄弟叔侄。他身穿戏袍，嘴上安了一把白胡子，随着“锵叶隆咚锵”的锣鼓点，廉兴奎左右摆首，那一尺多长的白胡子便飘散开来。他手里拿着长鞭子，见围观的人挡住路，便甩开鞭子在人们的头上啪！啪！甩出两声炸响，当道的人群立马退到了街边。他身后的兄弟叔侄也都穿了各式戏袍，脸上有的抹成了大花脸，有的抹成了二花脸，有的抹成了三花脸，还有的扮成了女相，各自扭捏着角色动作，逗得两边的人咧着嘴直发笑。

李家的老虎在游行队伍的后头发着威。李肖英他爹叫李虎儿，手里拿根打虎棍，在前头挥着，身后的老虎就蹦着、跳着。耍老虎的是李肖英兄弟俩，他亲自披挂上阵，顶着虎头，李肖雄顶着虎尾，兄弟两个人高马大，撑得老虎也是威风凛凛，活蹦乱跳。族里其他兄弟拿了锣鼓家伙，“咚咚锵锵”擂着，在给老虎助威。围看的人们见老虎快要到自个儿身上了，不由得就怕了，让开了道儿。

游行的队伍到了南街头，折东返回到戏庙里。戏庙里早已挤满了人，北边献殿前的月台上，南边的戏台上都站满了人。王三红一进戏庙，几个壮汉就打开了场子，王三红走进场子，停下对着场外喊道：

日本鬼子来捣乱

被咱打得稀巴烂

以后过上好日子

乘风扬帆好开船

——开船喽！

他手中的木桨一划，绕场子先走了一圈平水，一会儿鼓点轻快，王三红就走着下水步，船儿如顺水行走；一会儿鼓点艰涩，王三红走开了上水步，手中的桨左划右拨，那船儿左右摇摆，如逆风而上；一会儿鼓点铿铿锵锵，船儿便俯仰颠簸，如在浪头波谷行走。“掏八字”“穿茧孔”“蛇蜕皮”，一回一回的套路，看得人们都提心吊胆的，好像坐着那船儿在浪中，一不小心会掉进水里，也都屏住呼吸，瞪了眼，挑起眉毛看。

王三红的表演刚过了高潮，戏庙门外便响起了“锵叶隆咚锵、锵叶隆咚锵”的高跷鼓点。王三红赶忙拖着船儿退出了场外。廉兴奎甩着白胡子，撩开大步一进戏庙，那锣鼓便急如大雨瓢泼而下。“锵锵——起锵起、锵锵锵锵——”起锵起……高跷队人人收起胳膊弓起腰，两腿高弹，一路小跑进场了！廉兴奎带队绕场一圈后便走到场中央，而其他人则围着他继续转。村民们都知道，他是要表演绝活儿了。果然，见他在地上一跺一跺，两腿分开，刺啦一下，那两条木腿在地上一前一后犁出两道细壕，人便劈叉开来，屁股坐在了地上。满场里一片叫好。廉家老叔递过一根丁字拐，廉兴奎接过两手一扶，两腿一收，噔噔两下就从站了起来。随后，他和廉家兄弟表演过鹞子翻身、摸鱼儿、翻筋斗一些个节目，廉家老叔叫人抬上桌子，搬过凳子，村民们就知道，廉家高跷的压轴戏一摆象山开始啦。

趁兄弟叔侄及徒弟们聚在桌前排阵势的当儿，廉兴奎则绕场散开步子，挥舞手中长鞭，“叭叭”地甩着，为将要开始的摆象山赚着气势。见三层象山摆好了，廉兴奎将鞭子往敲锣鼓的族人面前一丢，随着锣鼓的锵锵声，就“噔噔”走过去。只见他手抓住摆象山的人，身子一跃踏上了凳子，再一跃又登上了桌子，下边的人托举起他的身子，发一声喊，将他凌空送上了山顶。他的头高仰着伸向前边，胸脯被下边的人头顶着，后腿被人托着，在这峰巅上，他如匍匐在悬崖边上，直将一蓬雪白的大胡子用手撩拨开，随了“锵叶隆咚锵”的点子，左右摇摆，在秋阳中发散出一片银光……

“呼啦啦”响起一片巴掌声。

场子的西边早已用木杆搭好了三丈多高的架子，架子两面各拉了两条粗壮的绳梯，绳梯的顶头绑着两把圈椅，那是老虎要爬的“山”。李肖英兄弟手提钢刀进入场子，表演了一番对打后，便走下场去。这时，李肖英的族弟扮作一个樵夫上场了，刚走了几步便蹿出一只“猛虎”，樵夫惊呼“救命呀！”几个壮汉提刀出场追赶“老虎”，由李肖英和李肖雄装扮的“老虎”穷途末路，开始爬山了。锣鼓起初迟滞沉实，咚咚、锵锵、恰恰，一板一眼，震得人心头沉闷、惊悸，如真老虎蹿进了场子。随了锣鼓点如冰雹从天而降，越来越快，李肖英前头一跃爬上了两根绳梯，紧接着后头的李肖雄猛地一纵，也跟了上去。人们就见“老虎”在绳梯上一会儿四面张望，一会儿打滚挠痒，一个直立后，又趴伏绳梯上，头朝下边的人吼叫一声。下边的人群一声呐喊，“老虎”又翻身朝上一跃，再上一截。下边的人看得惊了，不知谁一拍巴掌，就引起了一片“哗啦啦”的掌声。掌声给老虎鼓着劲，加着油，老虎又一个倒翻身，屁股竟凌空翻上了山顶，稳稳坐在了圈椅里！其后，李肖英猛一用力，老虎前爪空中一划，做了个“凤凰单展翅”；李肖雄单腿往起一站，做了个“金鸡独立”。满场就见一只威风凛凛的雄虎屹立在高高的山顶！

好！有人大喊一声。随即，满场里爆出潮水拍岸般的掌声……

这天夜里，官道上从西朝东开过去七八辆军车。车上拉满了手里抱着长枪的军人，车后拖起一股如灰蟒一样的尘土。